네모를
동그라미로

최백용 수필집

봄봄
스토리

삶과 사람 그리고 사랑을 위하여

어느 시인은 '하류가 좋다'며 인생은 '멀리보고 오래 참고 끝까지 가는' 거라고 읊으셨다. 이런 우리 인생에서 가장 자주 등장하는 세 단어가 있다. 삶과 사람, 그리고 사랑이다. 이 세 단어는 각각이면서도 떨어질 수 없는 불가분의 관계이다. 나는 이 세 단어가 하나임을 입증하기 위해서 내 심상을 단정한 단어와 단단한 문장 사이에 담으려고 최선을 경주했다.

요즘 우리는 코로나19로 시끄러운 시대를 살고 있다. 모든 것이 혼란스럽다. 참으로 제각각 혼미한 세상을 걷고 있다. 명료하고 단순한 행복의 원리인 '모두 닮고 함께 한다.'라는 명제는 먼 세상 이야기가 되었다. 이런 세상에 사람의 마음 하나가 글의 방향을 선회하여 새로움으로 도약할 수 있다면 어떤 고통도 참아낼 수 있을 것 같다.

또 우리는 흘러가는 시간 속에서 살고, 지금 이 순간에도 시간은 무참히 흘러가고 있다. 이 흐름 속에 사람들은 저마다 삶을 조금씩 잊어가고 있다. 이런 망각 속에서도 내 삶의 순간순간을 더듬어 지난 시절의 사람과 사랑을 찾았다. 우리의 삶, 사람, 사랑의 이야기를 그냥 떠내려 보내고 싶지 않았기 때문이다. 소중하니까 더 절실했다.

그리고 다른 눈으로 세상을 보자고, 스스로 갇히지 말자고 설득했다. 내 속에 나만 존재하지 않도록, 내 속에 함께 설 곳이 있는 공간을 만들어야 한다고 수없이 다짐했다. 경험하고 느끼던 것을 세상과 공유함은 큰 기쁨일 것 같았다. 감사했고 사랑했던 가족과 친구와 동료들에게 '읽을거리'를 선물하고, 함께 웃고 슬퍼하며 감동한다면 얼마나 소중하고 아름다운 일일 것인가!

이 책은 하루하루를 치열하게 살아가는 현대인에게 필요한 지혜 특히 자녀 사랑과 이웃 사랑을 공감하기 위해 노력한 책이다. 하루를 시작할 때 또는 하루를 마감할 때 힐링이 되어 주고, 분명 좋은 벗이 되기를 바란다.

책의 완성까지 길잡이가 되어 주셨던 김도은 작가님, 발문을 써 주신 이원규 시인님, 격려해 주셨던 김기옥 시인님, 출판을 맡아 주신 봄봄 출판사에 감사드린다. 그리고 카톡방에서 제 글을 읽고 사랑해 주신 모든 분과 성원해 주셨던 '풍경소리'와 '빛나눔터' 독자님들께 머리 숙여 감사드린다. 또한 책 발간을 응원해 주신 아내 성영숙, 윤영 진주·어진 상훈 커플에게 뜨거운 가족애를 보낸다.

끝으로 모든 것을 즉시 완벽하게 해낼 수는 없지만, 하늘의 뜻을 거룩하게 수행하려는 적극적인 마음가짐을 갖는다면 틀림없이 잘 해낼 수 있다는 교훈을 가르쳐 주신 주님께 영광 드린다. 네모의 세상이 둥글둥글한 동그라미로 바뀌고, 찬란한 빛이 밖의 어둠에 밝혀지는 그날을 기약하며……

2020년 겨울
봉화산 기슭에서 **최 백 용**

목 차

코로나19 시대의 '새벽 종소리'

– 이원규 시인

제 1 부

나의 삶, 나의 사랑

나의 꽃말

한 주가 시작하는 월요일 아침 일찍 서울에 사시는 선배님이 사진 한 장을 카톡으로 보내주셨다. 사진에는 활짝 핀 핑크와 보랏빛 꽃이 가득했다. 무슨 꽃인지 궁금하여 유심히 들여다보았다. 사진 밑에는 다음과 같은 글귀가 적혀 있었다. '캄파눌라 꽃, 안데르센 동화에도 나오는 꽃입니다. 꽃말은 따뜻한 사랑, 만족, 감사입니다. 이번 주도 꽃말처럼 사랑을 나누는 한주, 삶을 만족하는 한주, 감사한 한주 보내시길 바랍니다.^^'

출근길에서 직장에서 온종일 '사랑과 만족 그리고 감사'라는 꽃말이 머리를 떠나지 않았다. 평소 관찰이나 조사에 게으르며 꽃에 관한 한 수두배기임에도 불구하고 '꽃말'이 전하는 잔잔한 파문이 마음 한구석에 멈추지 않았다.

꽃말은 꽃의 특징 즉 색깔·향기·모양 등에 따라 부여되는 상징적인 의미다. 예로부터 꽃에 대한 전설과 신화가 전해졌으며 일화나 문학작품에 의해 꽃말이 생겨났다고 한다. 특히 대부분의 꽃말은 중세 때 기사가 여인에게 꽃을 보내어 사랑의 감정을 전하는 풍속과 종교적인 상징으로 이용되었으며, 그 뜻이 세계 여러 나라에서 공통으로 통한다.

꽃의 여신 플로라에게 아름다운 시녀 아네모네가 있었다. 플로라의 남편인 바람의 신 제프로스와 아네모네가 그만 사랑에 빠지고 만다. 이를 알게 된 아내 플로라는 질투심에 겨워 아네모네를 꽃으로 만들어 버렸다. 슬픔에 빠진 제프로스는 해마다 봄이 오면 따뜻한 바람을 불어 아네모네가 화사한 꽃을 피우도록 도왔다. 그 이유로 아네모네의 별칭이 '바람꽃'이 되었다. 그리고 슬픔으로 비롯되었다는 뜻으로 꽃말은 '덧없는 사랑' '금지된 사랑' '사랑의 괴로움'이라고 그리스 신화에서 유래하고 있다.

그러나 꽃말은 각 나라의 역사적 영향을 받아 나라마다 상이한 경우도 많다. 동양이나 서양 또는 나라, 지역에 따라 서로 다르다는 뜻이다. 예컨대 영국에서는 '사과'를 '유혹'의 의미로 사용하나, 프랑스에서는 '가장 아름다운 사람에게'라는 의미로 사용한다.

꽃말에 대해 살펴보니 사람은 어떠한지 생각이 무성해진다. 사람 개개인에게도 자신의 독특한 향기나 색깔 등 어떤 특징이 존재할 것 같다. 그것을 '사람 말'이라는 용어로 표현하지는 않지만 분명 어떤 특정인을 떠올릴 때, 모든 사람의 뇌리에 어떤 이미지가 심어진다. 김대중 대통령을 '인동초'로, 노무현 대통령을 '상록수'로, 법정 스님을 '무소유'로, 김수환 추기경을 '바보'로……

그럼 우리 자신은 어떨까? 비록 특별한 저명인사는 아니지만, 내 자신도 가족과 이웃 그리고 동료와 친구들에게 비춰지는 이미지가 있다. 아내와 자녀들은 어떻게 나를 그릴 것인가. 사회생활에서 만난 직장 동료나 친구들은 얼마나 품격 있는 색깔로 나의 이미지를 채색할 것인지 기대 되기도 하고 걱정이 되기도 한다.

세상사 일은 잘 풀릴 때도 있고 풀리지 않을 때도 있다. 긍정이던 부정이던 어느 것도 오래가지 않는다. 항상 품격을 유지하기 위해 노력해야 한다. 물론 사람의 격이 하루아침에 이루지는 것은 아니다. 중요한 것은 누구에게서나 배운다는 자세를 갖추어야 한다. 부족한 사람에게서는 부족함을 넘치는 사람에게서는 넘침을 배우는 것이다. 이렇게 겸손한 마음을 가질 때 나의 격이 완성되고 아름다운 꽃말처럼 너와 나 그리고 우리에게 공감하는 것이다.

우리는 그냥 닥치는 대로 모든 경험을 세상의 시험지라 생각하고 어떻게 답안을 작성하면 높은 점수를 얻어 잘 사는 삶이 될까 고민한다. 하지만 우리에게 무슨 일이든 일어날 수 있다는 사실을 인정해야 하고 어떤 시련에서도 다 그럴 만한 이유와 목적이 있다는 것을 알고 깨달아야 한다.

오로지 세상에 뿜어내는 '나의 꽃말'을 아름답게 만들도록 노력해야 한다. (2020)

루틴(routine)의 소중함

웡웡 거리던 태풍 '바비'가 물러나고 성큼 가을의 기분을 맛보게 하는 이른 아침이다. 평상시보다 일찍 잠에서 깼다. 늘 하던 대로 아침 신문을 찾았다. 어제 밤 날씨 때문인지 아직 신문은 배달되지 않았다. 밖을 내다보며 바람과 비가 멈추었음을 확인하고 동네 뒷산(봉화산)을 걷기 위해 집을 나섰다. 아침 걷기는 몇 년 전 이곳으로 이사 온 이래 시작했으니 꽤 오래된 셈이다. 밥을 먹고 직장에서 일하고 잠을 자는 일만큼 빼놓을 수 없는 일상이 되었다.

늘 의자에 앉자 있는 시간이 길어 걷는 일은 운동 이상으로 행복한 시간이다. 걸으면서 구상하고 있는 글의 흐름을 정리하기도 하고 절박하고 맺힌 기도꺼리가 있으면 하느님과 대화하는 시간이다. 또 평생을 기울여 노력했던 영어 청취 실력이 떨어져 나가지 않도록 영어방송을 듣기도 한다. 어떻든 약 한 시간 동안 신록이 우거진 숲길을 오르내리면 흠뻑 땀에 젖지만 기분은 최고다. 오늘은 시쳇말로 일상을 '루틴(routine)'이란 단어로 대체하여 그 소중함을 알아보고 싶다.

삶의 리듬을 유지하기 위해서나 집중할 때 자신만의 무언가 특별함이 필요하다. 그래서 매일매일 규칙적인 행동을 반복하여 삶의 효율을 극대화시킨다. 이것이 생활습관 '루틴'이다. 심리학자 매슬로의 '인간 욕구 5단계론'에 따르면 사람은 생리·안전 등 하위욕구가 충족된 다음에야 어울림·존경·자아실현 등 상위욕구를 추구한다고 한다. '루틴'은 바로 하위요구와 상위욕구를 이어주는 중간 단계가 아닐까 생각한다.

무라카미 하루키가 에세이집 『달리기를 말할 때 내가 하고 싶은 이야기』에서 쓴 글이다. '강물을 생각하려 한다. 구름을 생각하려 한다. 그러나 본질적인 면에 대해서는 아무것도 생각하고 있지 않다. 나는 소박하고 아담한 공백 속을, 정겨운 침묵 속을 그저 달려가고 있다.' 그는 매일 조깅을 하고, 매년 마라톤 풀코스를 달리며 자신이 얼마나 엄격하게 규칙적인 운동을 하는지 알려준다. 그가 몸과 마음의 건강을 위해 찾은 해결책, 그게 '매일, 착실하게 달리기'였다.

세계적인 화가 알렉스 카츠도 마찬가지다. 노년에 서울 롯데 뮤지엄에서 대규모 개인전을 열 때 90대에도 왕성하게 창작하게 하는 에너지가 어디에서 나오느냐고 기자가 물었다. 그는 "매일 조깅과 수영을 한다."라고 답했다. 그러면서 "나는 일찍이 몸과 두뇌의 연관성을 알았던 것 같다. 운동하지 않으면 자연스럽게 뇌도 둔해진다."라고 자신의 루틴을 설명했다.

2020년 코로나19로 인해 여유 시간이 많아진 어느 날, 우연히 동료의 카톡 사진을 보게 되었다. 바이크(bike) 클럽의 회원들과 함께 라이딩(riding) 장면을 담고 있었다. 나에게 권한다. "자전거 타

보세요. 너무 재미있고 활력이 넘칩니다." 나는 빙그레 웃으면서 "우리 집에 MT자전거 있는데."라고 답했다. "그럼 타 보세요."라고 재(再) 권한다. 학창 시절에 타고 이제껏 안탄 자전거를.

몇 번 망설이다 자전거를 타고 동천을 달려 보았다. 걷기에 이력이 났는지 너무 재미있었다. 새로운 루틴이 만들어졌다. 주말엔 자전거를 타고 평일은 걷기를 한다. 걷기와 라이딩은 서로 쓰지 않은 근육을 보안해 주었다. 새 루틴에 감사했다. 늦게 배운 도둑이 날 새는 줄 모른다고 여름방학이 되자 몇 동료와 함께 4일 일정으로 제주도 일주 230Km에 도전했다. 아내와 아이들이 태풍이 오는데 위험하다고 걱정했다. 결국 무사히 돌파했다. 한 선배님께 소식을 전하니, "장하다!"라고 격려 문자를 보내 주셨다.

사람들은 자신의 활력을 유지하기 위한 방법의 하나로 '루틴'을 택해 실행한다. 코로나19로 인해 헝클어진 일상은 그동안 우리의 몸과 마음을 지켜줬던 '루틴의 소중함'을 다시 깨닫게 한다. 지금의 팬데믹(pandemic) 상황이 언제까지 지속될지 모른다. 무엇으로 버티고 또 어떻게 활력을 유지할 지 코로나시기에 걸맞은 자신만의 '루틴'을 만들어야 한다. 이것이 타인 대신 스스로에게 몰두하는 '자기애(自己愛)'다.

운동 말고도 악기 연주나 공예 등 개인 각자의 새로운 루틴을 만들자. 언제나 루틴은 불멸을 지향하는 사람들의 간절한 몸짓이었고, 삶을 충만케 했다. 전염병 탓에 죽음을 안고 사는 불행한 사회가 되어 가는 이 순간에도. (2020)

책과 친구

1941년 나치 독일이 점령했던 영국령 건지섬 사람들의 이야기를 담은 '건지 감자껍질파이 북클럽'라는 소설이 있다. 일제 강점기 때 일본이 언어 등 조선의 모든 것을 빼앗고 일체의 모임을 금지했던 것처럼 나치는 건지섬 사람들의 자유를 박탈했다. 그래도 섬사람들은 목숨을 걸고 비밀리에 모였다. 몇 명이라도 함께 음식과 이야기를 나누며 사라져 가는 건지섬의 혼과 얼을 지키기 위해서였다.

어느 날 독일군이 알아챘다. 섬사람들은 얼떨결에 독서모임이라고 둘러댔다. 그리고 모임의 이름을 '건지 감자껍질파이 북클럽'로 명명하여 이어나갔다. 소설에 인상적인 장면이 있다. 주인공이 "북클럽은 어떤 의미였나요?"라고 묻자, 섬사람들은 대답했다. "우리는 책과 친구들에게 매달렸어요. 책과 친구는 '다른 삶'이 있다는 사실을 일깨워줬으니까요."

'책과 친구' 그리고 '다른 삶'이라는 단어가 가슴에 밀려온다. 책과 친구가 삶을 값지게 변화시킨다는 이야기일진데 과연 '다른 삶'이란 무엇이고 책과 친구가 어떻게 섬사람들에게 다르게 살도록 영향을 미쳤는지 궁금했다. 더불어 내 자신의 '책과 친구'도 돌아보게 한다.

이순(耳順)이 되어 글을 쓰기 시작했다. 햇수로 5년째다. 짧은 기간이었지만 많은 문인들과 교류했다. 인간관계의 폭이 훨씬 넓어졌다. 그들을 만날 때마다 화제는 '글'이었고 '책'이었다. 또 지역 문협에서 주관하는 문예대학에서 공부했다. 문예대학 동기들이 성별과 나이를 불문하고 친구가 되었다. 그리고 그간의 인연을 지울 수 없어 모임을 만들어 만나기 시작했다.

한 달에 한번 저녁에 모여 2시간 이상 열띤 토론을 했다. 동료 개개인이 준비한 시와 수필을 읽고 서로의 생각을 나눴다. 때론 상대의 작품에 대해 가감 없는 평가로 얼굴에 이맛살을 붉히기도 했다. 초자 문학도인 우리에게 소중한 시간이었다. 시간이 흐르니 문예대학 후배들을 초대하게 되었다. '책과 친구'를 통해 '다른 삶'이 열린 것이다. 이 모임을 근간으로 문학회를 만들자며 기적을 꿈꾸게 하였다.

문학회의 창립에 대해 의견이 일치하지는 않았다. 만나서 이야기하고 서로의 글을 읽고 격려하자는 취지면 충분하지 문학회까지는 어불성설이라고 불가를 외치는 친구가 있었다. 책과 친구는 소동하기 시작했다. 누구의 말이 옳은지 조심스러웠다. 결국 일부의 친구들이 이탈하고 문학회는 기적처럼 창단하게 되어 '기적 문학회'라고 명명했다.

그간 친구들을 만난 가장 기쁜 기억은 나의 처녀 수필집 '손 편지의 추억'의 출판 기념회를 개최한 이벤트였다. 식장도 진행도 마무리도 모두 친구들이 각각 한 꼭지를 맡아 도와주었다. 그날의 기억과 친구들과의 인연을 떠올리면 입가에 잔잔한 미소가 담뿍 흘러내린다.

그러고 보니 우리는 자리를 만들었을 뿐 결코 모임을 완성하는 사람들은 아니었다. 모임의 완성은 책을 통해서만 아니라 탁자에 둘러앉은 우리 모두가 함께 이루고 있는 진행형이었다. 건지섬 사람들처럼 다른 삶이 있다는 사실을 서로에게 일깨워주는 아름다운 추억을 간직해 가고 있다.

'책과 친구'에 해당하는 또 다른 모임이 있다. 매주 한번 학교 교실을 빌려 모인다. 텍스트는 없지만, 모임 안내 팸플릿을 들고 약 2시간을 영어로 이야기한다. 그 이름은 '토스트 마스터(Toast Master)' 클럽이다. 약 8년 전, 영어의사 소통의 능력을 향상하기 위해 만들어졌다. 영어를 사랑하는 몇 명이 의기투합하여 매주 만나다 보니 서로 친구가 되어 더 나은 삶을 꿈꾸게 했다. 코로나19 사태로 오랫동안 멈춘 이 순간 같은 뜻을 가진 사람이 모여 공부했던 그 시간들이 그립다. 향기 있는 사람들은 세월이 지나도 늘 그리움으로 남기 때문이다.

왈도 에머슨(1803~1882)은 성공이란 무엇인가, 라는 답을 다음과 같이 서술했다. '자주 그리고 많이 웃는 것. 현명한 이에게 존경을 받고, 아이들에게서 사랑을 받는 것. 정직한 비평가의 찬사를 듣고, 친구의 배반을 참아내는 것. 아름다움을 식별할 줄 알며, 다른 사람에게서 최선의 것을 발견하는 것. 건강한 아이를 낳든, 한 떼기의 정원을 가꾸든, 사회 환경을 개선하든 세상을 조금이라도 살기 좋은 곳으로 만들어놓고 떠나는 것. 당신이 살아있음으로 단한명의 생명이라도 조금 더 쉽게 숨 쉴 수 있었다는 걸 아는 것.' 이것에 하나를 더한다면, '책과 친구로 다른 삶을 경험하는 것'도 성공을 성취하는 비결이라고. (2020)

선택의 칼

　50년 전의 기억이다. 초등학교 4학년 종업식 날, 담임선생님께서 학급 학생 전체에게 연필 깎는 칼 한 자루씩을 나누어 주셨다. 조그마한 선물이지만 가난 했던 시절 선물을 받은 친구들의 표정은 모두 밝고 환했다. 하지만 선생님의 표정은 달랐다. 아주 매서운 눈빛으로 우리를 보시며 마지막 종례를 길게 하셨다.

　학생 여러분 상급 학년의 진학을 축하합니다. 오늘 사랑의 징표로 '칼' 한 자루를 선물했습니다. 이 칼은 연필 깎는 도구 이상의 의미가 있다고 생각합니다. 이 칼이 어떤 사람이 사용하느냐에 따라 활용은 완전히 달라집니다. 의사가 이 칼을 사용할 때, 강도가 이 칼을 사용할 때 전혀 다르듯이 칼은 누구에게 맡기느냐에 따라 그 결과는 달라집니다.

　그리고 같은 사람이라도 자신이 순간순간 선택에 의해 자신의 인생을 다르게 만들 수 있습니다. 의사가 칼로 수술을 하면 사람을 살리는 데 쓰이지만 칼로 사람을 해쳤을 때는 사람을 죽이게 됩니다. 곧 칼이라는 도구를 좋은 쪽으로 쓸지, 나쁜 쪽으로 쓸지는 각자의 선택입니다. 이 칼을 어느 쪽으로 선택할 것인지는 순전히 여러분 몫입니다. 미래에 칼을 유익하고 이롭게 사용하는 사람이 되기를 바랍니다.

선생님의 말씀을 되새기니 '선택의 칼'이 새롭게 가슴에 와 닿고, 민주주의의 근간인 선거 즉 선택의 의미도 다시 생각하게 한다.

그럼 선거란 무엇인가? 힘의 이동이다. 즉, 칼의 이동이다. 헌법에 등재된 국민의 칼을 정치인 손에 넘기는 일이다. 꽤 위험한 주고받음이다. 칼을 건네기 전 받을 사람을 잘 살펴야 한다. 칼을 쥐려는 사람이 의사인지 강도인지, 혹은 의사 가운을 두른 강도는 아닌지를. 어쩜 선거란 내 칼을 의사와 강도를 가려 합법적으로 맡기는 과정일지도 모르겠다.

안타까운 건 이렇게 중요한 내 칼을 길바닥에 내던지고 누가 가져가든 상관없다고 말하는 사람들이 많다는 것이다. 기권도 당당한 의사 표현이니 그럴 수 있다. 하지만 중요한 권리를 포기한 셈이다. 칼을 내던지는 순간 힘을 휘두를 자격도 비판할 권리도 사라진다. 플라톤(Plato BC 428~348)은 "정치를 외면한 가장 큰 대가는 가장 저질스러운 인간들에게 지배당하는 것이다."라고 말했고, 함석헌 선생님은 "정치란 덜 나쁜 놈을 골라 뽑는 과정이다. 그놈이 그놈이라고 투표를 포기한다면 제일 나쁜 놈이 다해 먹는다."라고 말했다.

코로나19라는 전대미문의 감염원과 시계 제로의 혼탁한 21대 총선이 중첩되면서 '지금 우리가 사는 것인지, 아니면 죽은 것인지' 헷갈리는 요즘이다. 때로는 좀비, 또는 강시가 된 느낌이다. 믿을 건 눈뜬 우리 시민들의 바른 '선택의 칼'이다. 그것만이 유일한 힘이고 양식이다. 침착한 대응으로 바이러스를 잠재워가듯 편법과 꼼수로 얼룩진 총선도 눈 부릅뜨고 지켜봐야 한다.

생각 없는 몽매한 투표나 무더기 백지 투표로 투항할 수는 없지 않은가. 결격·탈법 후보를 찌꺼기 거르듯 체질해야 한다. '잔인한 달' 4월이다. 언제나 그랬듯 살아있는 민주 시민만이 희망이다. 그래야 뜨거운 여름도 맞을 수 있을 터다. 엄습하는 공포를 피해 함께 하는 두려움이 만드는 정의의 힘이 투표장으로 향하는 시민들의 발걸음을 재촉할 것이다. 페스트의 작가 카뮈의 말이 생경하지 않다. "겨울 한복판에서 나는 마침내 내 안에 굴복하지 않는 여름이 있다는 것을 알았다."

칼을 생각하니 칼의 양면도 알 수 있었지만 인간은 어떤 칼의 위협에도 이길 수 있는 신념이 있다는 사실도 깨달았다. 그러면서도 '선택의 칼'을 돌아보게 하신 50년 전 초등학교 시절 담임 안병재 선생님이 그리워진다. 한번 만나 집으로 초대하여 정성 드려 칼질한 맛있는 음식을 대접하고 싶다. 선생님 활짝 웃음 짓는 모습과 '너 세상에 유익한 칼을 사용하는 훌륭한 사람이 되었구나.'라는 칭찬을 받고 싶다. (2020)

소중한 선물

6월 중순, 서울에서 아들 결혼식을 치렀다. 원래 3월이었으나 코로나19 사태로 연기된 혼례여서 노심초사했다. 가까스로 결혼식을 마치고 엄중한 마음으로 3주간 아무런 일 없기를 애태웠다. 만에 하나라도 결혼식 하객 중 확진자가 나타난다면 어떻게 감당할 수 있을 것인가. 이제 겨우 안도의 한숨을 내쉬고 나니 대전사는 딸에게 연락이 왔다. 남자 친구의 부모님과 상견례를 갖자는 내용이었다.

연락을 받고 자녀들이 떠나는 것 같아 허전하고 가슴이 먹먹했다. 세상의 이치가 그러하니 서운할 것 없다고 마음을 다잡아 보지만 자식이 나의 울타리를 떠난다는 생각에 가슴이 얼얼하니 아리며 아팠다. 더불어 애들을 키우던 시절이 그리워 물끄러미 두 아이를 양손에 잡고 찍은 20년이 훨씬 넘은 낡은 사진을 쳐다보았다. 그리고 애들에게 보냈던 편지도 읽어보았다. 그중 두 편이 마음의 강물이 되어 흘러내린다.

첫 번째 편지는 '어린이날' 아침 '훌쩍 커버린 아이들에게'라는 제목의 편지였다.

'괜찮아! 애들아, 사람은 항상 실수하며 배우는 거야. 잘못하면 또 고치면 되고 또 더 잘하려고 노력하면 그만이야. 가장 중요한 것은 사랑하며 살아가는 거야. 아빠도…… 이를 아는데 참 많은 시간을 허비했어. 앞으로 살면서 많은 어려움과 고난이 있을 것이다. 그때마다 정말 필요한 것은 용기이기도 하고 인내이기도 하고 희망이기도 하다. 하지만 그보다 가장 중요한 건 굳건한 믿음과 사랑이다. 자신과 이웃에게 따뜻한 기쁨과 평화 던질 수 있는 웃음 보낼 때 서로가 행복해지고 밝은 세상이 되는 것이다.

오늘 어린이날 성년이 된 너희들이지만 고향 순천의 그 시절로 돌아가 보고 성당 어느 한구석에서 기도하는 아버지가 있기에 오늘도 낯선 타지에서 잘 버티고 있다고 기쁘게 생각해다오. 주었던 사랑이 적어 오직 너희들의 넓은 마음 안에 부족한 아빠의 마음을 의지한다. 기쁨 가득한 하루 되어라.'

두 번째 편지는 서울에 올라가 장성한 아들딸을 만나고 집으로 돌아와 아버지의 마음을 전한 짧은 편지였다.

'서울에서 너희들과 헤어지고 엄마와 내가 기차에 앉았을 때 허전했다. 이번에는 아들의 여자 친구, 며느리가 될 처녀를 소개받고 나니, 마음이 텅 비고 무엇을 빼앗긴 기분이다. 그래도 너희들 키울 때가 훨씬 좋았던 시절인 것 같다. 현관문에 들어서니 아들딸 다 떠나고 집이 빈 둥지처럼 느껴진다. 엄마도 별말이 없는 것 보니 떠나가는 자식들의 뒷모습이 서운하고 힘들었던 모양이더라. 나보고 "먼저 집에 들어가세요. 나는 혼자 어디 가서 마음 놓고 울다 갈게요."라는 마음이었을 것이다.

이제는 행복했던 세월이 다 끝난 것 같다. 너희들 키울 때가 제일 즐겁고 감사한 시절이라고 생각한다. 이런 엄마의 마음을 읽으니 나의 마음은 더 슬프고 아리다. 엄마는 나보다 훨씬 더 사랑이 넘치는 고생을 많이 했으니 어쩌면 그 고생 다시 원하지 않겠지만 그래도 사랑이 있는 고생이 가장 행복하고 가치 있는 삶이다. 서로 소중히 귀하게 여기며 살아가는 것이 가족이다. 아빠같이 늦게 깨닫지 말고 현재의 삶에서 새기며 가까이 있는 사람을 사랑하며 살아라. 잠이 오지 않아 몇 자 적었다.'

두 편의 편지를 읽고 내용을 곱씹으니 이 글은 아이들을 위한 글이 아니라 오히려 나 자신을 위한 글이었다. 사랑을 주는 것 같았지만 결국은 사랑을 받는 일이었고 은혜며 행복이었다. 그러면서도 '자식을 키우는 일이 무엇인가.'라는 땅을 딛고 사는 모든 사람들의 소명을 깊게 생각하게 했다.

1990년대 후반 영어 교사 연수로 하와이대학을 방문했다. 첫 해외여행이었고 태평양의 이국적인 섬이 나의 마음을 온통 흔들었다. 무엇보다도 젊음이 가득한 30대 초반이었다. 젊음 그 자체로 행복한 시절이었다. 내 나이 또래의 여선생님들과 오전에는 수업을 받고 오후에는 하와이 곳곳을 관광하며 즐겁게 지냈다.

그런데 우리 연수생들에게 이상한 진풍경이 있었다. 오전 수업 중 짧은 휴식 시간에 몇 개의 공중전화부스는 한국의 여선생님들의 긴 행렬로 장사진을 이루었다. 집에 두고 온 아이들이 걱정되어 연락하고 있었다. 일부 선생님은 아예 수업에 10분 이상 늦게 들어오기도 했다. 당시에는 휴대폰이 없었던 시절이었다.

2000년 초 호주 연수 때 일이다. 이때는 하와이 연수와 전혀 달랐다. 모두 개인 휴대폰을 소지하고 있어, 공중전화부스에 기다리는 선생님의 모습은 찾을 수 없었다. 그리고 함께 온 대부분의 여선생님은 이미 결혼 적령기가 넘었지만 미혼이었고 결혼했더라도 거의 애들이 없어 걱정이 없었다.

하루는 수업 시간에 강사님은 우리에게 인생에서 가장 중요한 숫자를 하나 또는 두 개를 말하고 그 이유를 설명하라고 했다. 나는 어떤 숫자가 가장 중요한지를 생각해 내지 못하고 머뭇거렸다. 강사는 조금 기다리더니 자신의 가장 중요한 숫자는 "1978과 1980"이라고 알려주었다. 우리는 의아해서 서로 얼굴만 마주 보았다. 잠시 후 그녀는 슬라이더로 두 건장한 청년을 보여 주었다. 이들을 낳았던 해가 자신의 인생에 가장 귀중한 숫자라고 했다. 가슴이 뭉클하고 눈가에 눈물이 핑 돌았다. 동서를 막론하고 사람이 살아가는 가장 중요한 이유가 무엇인가를 가르쳐 주는 소중한 일화였다.

2012년 풀브라이트 재단이 지원하는 미국 문화 연수에 참여하는 행운을 얻었다. 2개월간 미국을 살피는 귀중한 기회였다. 당시는 출산율이 1.0에 근접하는 저출산으로 인류의 미래를 걱정하는 시대로 바뀌고 있었다. 그래서 아이 낳기를 권장하는 잊지 못할 출산부터 다양한 육아 경험을 소개하는 홍보물을 여기저기에서 쉽게 발견할 수 있었다. 아기는 태어난 순간부터 온 가족의 삶을 바꿔놓고 기쁨이라고 출산을 권장했다. 절벽 출산율에 대한 정부의 노력이 대단했다.

연수 중 텍사스 소재 어느 중등학교를 방문할 때다. 학교 관계자들과 대담을 나누고 교내를 둘러보다 교문 입구에 가정집과 같은 깔끔한 건물이 있어 물어보았다. "저 건물은 무엇이어요?" 안내하신 미국인 교사는 건물의 용도를 친절하게 설명해 주었다. "학생 미혼모가 등교 때 아이를 맡기고 수업이 끝나면 아이를 찾아가는 집입니다." 생명을 존중하고 학생 개개인의 인권보호에 감탄사가 절로 나왔다. 한국에서 고교생 미혼모라면 어떤 대접을 받을 것인가. 다시 우리 사회를 돌아보게 했다.

최근에 항상 깔끔하고 단정한 직장 동료가 수염을 깎지 않아 얼굴이 온통 수염으로 가득했다. 마음에 무슨 변화가 생겼는지 궁금하여 "왜 수염을 길러?"하고 물었다. 재미있는 답이 나와 낄낄 웃었다. 대답인 즉 해외에서 유학하고 있는 외동딸이 방학이 되어 집에 오는데 딸이 아빠 수염을 좋아해 만질 수 있도록 수염을 기른다고 하였다. 오로지 자녀들을 사랑하는 아빠의 마음뿐이었다.

요즈음 숱한 세월이 흘러 비로소 '애들이 행복이었습니다!'라는 그 어마어마한 진리가 마음에 크게 느껴진다. 그리고 하늘이 주신 가장 소중한 선물임을 알게 한다. (2020)

좋은 사람

지난 6월 아들의 결혼식을 마치고 얼마 되지 않아 대전에 있는 딸에게 연락이 왔다. 몇 주 토요일 시간이 있냐고 물었다. 이유인 즉 지난번 소개한 남자 친구의 부모님과 상견례를 갖자고 했다. 시간은 있다마는 오빠 결혼도 가까스로 마쳤는데 이렇게 빨리 결혼을 서두르냐며 내년으로 미루자고 했다. 딸은 "함께 할 때 '나다움'을 느끼게 하는 사람, 꿈을 펼치면 서로의 날개가 되어줄 사람"이라며 막무가내다. 자식 이기는 부모 없다고 어쩔 수 없이 딸의 뜻을 따를 수밖에 없었다.

항상 딸을 키울 때 은연중에 세상의 모든 부모의 바람처럼 딸이 '좋은 사람'을 만났으면 하는 마음을 간직하며 살아왔다. 이제 좋은 사람을 만나 자기 길에 들어선다고 하니 응당 대견하다. 하지만 딸이 말 그대로 얼마나 좋은 사람을 만났는지 걱정스럽다. 또, 떠난다는 마음에 서글퍼지기도 한다. 그러면서 '좋은 사람'이 무엇인가 다시 생각하게 한다.

미국에서 연수를 받을 때 내가 거주하고 있는 집의 호스트(host)

와 이야기를 나눈 적이 있다. 장성한 자녀들이 결혼할 상대를 소개할 때 미국의 부모들은 어떠냐고 물었다. 그녀는 나를 지긋이 바라보더니 이렇게 말했다. "애들이 좋아하는 친구를 당연히 수긍해야 하지요." 나는 출신이라든가 학력 등 더 묻지 않느냐고 했다. 그녀는 다시 말했다. "물론 묻기도 하지만 궁극적으로는 자식의 선택을 수용한다."라고 했다. 그러면서 자기가 믿는 자녀들이 엉뚱한 선택을 하여 실망하게 하지 않을 것이라는 점을 몇 번 강조했다.

한 번은 텔레비전에서 '효리네 민박'을 봤다. 제주 효리네 집의 분위기나 경관이 마음에 들었다. 그리고 반려견이나 반려묘와 함께 사는 모습이 좋아 보였다. 석삼이·고실이·순심이 같은 이름도 재미있었다. 한번은 민박집 직원인 아이유와 효리가 모두가 공감이 가는 사려 깊은 이야기를 나누었다.

아이유가 효리에게 묻는다. "인생의 반려자를 찾는 가장 좋은 방법은 무엇이야?" 즉, 좋은 사람을 어떻게 만나야 할지 모르겠다는 아이유의 푸념이었다. 효리의 답이 명답이다. "막 두리번거릴 때는 없었고 나 자신을 좋은 사람으로 바꾸려고 노력하니까 오더라. 책도 많이 보고 여행도 다니고 경험도 많이 쌓아서 어떤 게 좋은지 알아야 그런 사람이 나타났을 때 딱 알아보지. 안 그럼 못 알아봐."

효리의 말에 수긍이 간다. 아이돌 스타였던 그녀가 자유로운 예술가로 성장했던 이유가 이런 선택 때문이 아니었나 싶다. 요가나 채식을 하며 명상의 신비 속에서 알아본 우직한 기타리스트 이상순을 평생의 반려자로 맞이함을 이해할 수 있었다. 효리는 진실로 있는 그대로의 그를 사랑해 주는 존재를 찾았을는지도 모르겠다.

우리는 막연히 '행복한 삶'과 '좋은 사람'을 말하지만, 이 모든 것에 선행해야 하는 건 내가 먼저 행복하고 좋은 사람이 되는 것이다. 그럴 때라야 좋은 사람들 속으로 걸어가 행복할 수 있다. 결혼 직후 아내는 내게 못마땅하다고 종종 불평을 터뜨렸다. 나는 이렇게 응수했다. "내 친구들 보면 나를 알 수 있어요. 내 친구 세웅이 원주, 상은이 누가 하나 흐트러진 사람있나요." 그럴 때마다 아내는 수긍하듯 더는 대꾸하지 않았다.

우리는 좋은 상대를 만나 나빴던 게 좋아지는 게 아니라 실은 내가 좋아져야 좋은 상대를 알아볼 수 있고, 함께 주위를 밝게 할 수 있다. 가정에서도 배우자가 한심하다고 불평하기 전에 나도 그 수준임을 먼저 깨달아야 한다. 그리고 나의 '네모를 동그라미로' 만들어야 한다.

진정 행복하기 위해서는 나다움이 좋음과 연결되고 비로소 좋음 속에서 우리는 평온해질 수 있다. 그래야 쾌락을 행복이라 착각했던 날의 실수를 바로잡을 수 있다. 지나고 보니 나 역시 우연스러운 것처럼 보였던 많은 것이 실은 의식적인 내 선택의 결과였다. 이미 내가 선택한 나다움을 사랑하면서 잘 살도록 노력하겠다.

아무튼 '나다움'을 느끼게 하고 날개가 되어줄 사람을 만났다는 딸의 선택에 하느님의 축복이 가득하기를 바랄 뿐이다. 그리고 저 여식의 새 출발에 축하 보내주신 모든 분들께 감사드린다. 특히 코로나19 3차 팬데믹(pandemic)이라는 엄중한 상황에도 불구하고 직접 예식에 참석해 주신 귀하신 분들께 진심으로 감사드린다. (2020)

어머니의 무지개

옛날부터 사람들은 다섯 가지의 복을 이야기했다. 중국의 서경(書經)에는 오복(五福)에 대해 첫째는 천수(天壽)를 누리는 복(福)이라 했고 둘째는 불편하지 않을 만큼의 풍요로운 부(富)를 말했으며 셋째는 몸과 마음이 건강하고 깨끗한 상태에서 편안하게 사는 강령(康寧)을 복이라 말했다. 넷째는 남에게 많은 것을 베푸는 선행과 덕을 쌓는 복(福)을 말했고 다섯째는 고통 없이 평안하게 마칠 수 있는 죽음의 복인 고종명(考終命)을 말했다.

시대에 따라 사람들이 생각하는 복의 기준도 달라진다. 선친께서는 어머니와 오복(五福) 이야기를 자주 나누셨다. 아버지는 어머니께 자신의 오복의 기준을 만들어 우리 부부는 오복을 갖췄다며 즐거운 표정을 지으셨다. 하지만 어머니의 생각은 다르셨다. 어머니는 현대를 살고 있지만 유별나게 서경에 나오는 마지막 복인 죽음의 복을 걱정하신다. 편안하게 죽어가는 복종(福終)이 어머니의 무지개였다.

구정을 넘기고 며칠 지나지 않아 어머니가 방에서 넘어지셔서

119구급차로 응급실로 후송되고 있다는 연락을 받았다. 평상시 건강하셨고 방에서 넘어지셨다고 하기에 크게 걱정하지 않았다. 약한 무릎을 삐었거나 허리나 관절에 문제가 생겼겠지. 그런데 응급실 입구에서 어머니를 마주치는 순간 무엇인가 느낌이 썩 좋지 않았다. 어머니는 한쪽 엉덩이 부분에 고통을 호소했고 전혀 몸을 가누지 못하셨다.

응급 침대가 배당되고 의사 선생님의 요구에 따라 각종 검사가 진행되었다. 몇 시간 후 결과를 듣고 수술을 위해 입원 절차를 밟았다. 어머니가 응급실에 오신 후 약 3시간의 긴박한 순간이었다. 사랑이 가장 깊어지는 순간은 '어느 사람을 위해 죽을 수도 있다고 생각되는 때'라는 말이 있듯이 어머니가 고통을 호소할 때 차라리 내가 아팠으면 좋겠다는 생각이 오르내렸다.

어머니는 고관절 수술을 받으셔야 했다. 철심을 넣어 대퇴 내 골수정을 이용한 내 고정술이다. 인공 관절 수술의 앞 단계 수술이라고 하는 의사 선생님의 자세한 설명은 약간 위로가 되었지만 과연 90에 이른 노인이 얼마나 안정치료와 재활 운동을 잘하여 보행할수 있을지 앞이 캄캄했다.

다행히 많은 분의 염려와 기도 덕택으로 다음 날 무사히 수술을 마쳤다. 이제 거의 한 달이 훌쩍 지나 재활 전문병원으로 옮기셨다. 어머니가 돌아가실 때까지 이렇게 누워 지내실 것인가 아니면 다시 자신의 몸을 가누어 그럭저럭 편안히 여생을 마칠 수 있을 것인가 정말 힘든 기로였다. 지켜보는 마음이 힘들고 지치는데 주변에 들려주는 이야기는 더더욱 마음을 무겁게 했다.

휠체어에 어머니를 태우고 병원 곳곳을 다녔다. 소위 갑갑한 병원 생활에 잠깐의 외출이었고 평생 불효한 자식과의 어설픈 데이트였다. 식당, 카페, 편의점이 있는 가장 아래층에서부터 2층 대성당 그리고 4층 소성당을 보여 드리고 이러저러한 얘기를 나누었다. 어머니는 항상 건강했기 때문에 아픈 사람들의 사정을 헤아리지 못하고 살았다고 실토했다. 때로는 사람이 앓기도 해야 한다고 말씀하셨다. 앓아야 남의 사정을 안다는 말이었다.

항상 오복 중 하나인 죽을 복을 잘 타야 한다고 강조하며 가끔 "내가 큰 병이 걸리면 연명 치료하지 말고 죽게 놔두라"라고 당부하신 어머니를 지켜보려니 참 가슴이 아린다. 언젠가 어머니께 "어머니! 죽을 복 타려면 이렇게 기도하세요."라고 말씀드린 적이 있었다. 어머니는 귀를 쫑긋하며 쳐다보셨다. 나는 어머니 노트에 '선생복종(善生福終)'이라고 크게 적어드렸다. 착하게 살아야 복되게 마치는 선종을 체험한다고 알려드린 것이다. 착함과 복된 죽음이 하나라고 강조하였다.

다른 생각이 교차한다. 어머니는 착하게 살지 않아 90을 한 해 앞두고 이런 고난을 겪고 있는가. 이태석 신부님, 정철수 신부님, 조비오 신부님 등 정말로 헌신과 봉사를 위해 살았던 그분들이 왜 고통스럽게 병마와 싸우다 죽어 가셨는지 물어보고 싶다. 김수환 추기경 역시도 말년에 오랜 투병 생활을 했다. 불면증과 노환으로 시달리던 생(生)의 마지막쯤 "고통을 받아들이는 데는 많은 인내가 필요합니다. 그러기 위해선 평소의 삶이 겸손하고 가난해야 합니다."라고 말씀하셨다. 그 뜻을 헤아리기가 어려워 절레절레한 적이 있었다.

어머니도 신부님도 추기경님도 착하게 살면 복되게 죽을 줄 알기에 착하게 살기 위해 그렇게 몸부림치고 아파했을지도 모른다. 하지만 사람을 부르시는 하늘의 또 다른 뜻은 무엇인지 나는 헤아리지 못한다.

어머니는 평생 자신이 바라는 이상적인 죽음, 복종(福終)이라는 무지개가 있다고 믿고 무지개를 쫓아다녔지만 무지개를 거의 다 잡았다는 순간 무지개는 사라져 버리고 말았다. 이제 세월이 흐르고 이런 일을 겪는 경험이 생기고 하니 무지개가 없다는 것을 잘 알지만 어머니는 아직도 감히 계속해서 철없이 무지개를 쫓는 사람으로 살고 싶어 하신다. 자식으로서 어머니의 무지개가 다시 머릿속에 그려지는 건강한 일상생활로 돌아오시길 간절히 기도할 뿐이다. (2019)

천권대학(千卷大學)

　'사회적 거리두기'가 텔레비전이나 유튜브 시청 시간을 길게 한다. 덕택에 유명 인사를 자주 만난다. 그들은 나보다 훨씬 어리지만 큰 성취를 이룬 분들이다. 나는 이 나이 먹도록 무엇을 했을까라는 자책감에 슬퍼진다.

　유비는 27세의 제갈량을 삼고초려 했고, 조선의 지성계를 뒤흔든 조광조가 한 시대를 호령하다 사약을 받을 때가 39살이었다. 이문열은 나이 서른에 '사람의 아들'을 썼고 손흥민은 20대에 축구영웅이 되었다. 비할 바는 아니지만 그래도 나이가 들어가는 존엄을 찾고 싶은데 그렇지 못함이 안타깝다.

　집에 머무르는 시간이 길어지니 아내의 표정도 간과할 수 없다. 나를 '덩어리'로 여긴다. '집에 있으면 골치 덩어리, 같이 외출하면 짐 덩어리, 밖에 내보내면 걱정덩어리, 마주 앉으면 원수 덩어리' '덩어리'가 된 나의 모습을 그리니 벤저민 프랭클린의 명언이 떠오른다. "인생의 가장 큰 비극은 우리는 너무 일찍 늙고 너무 늦게 현명해진다." 허송하게 보낸 세월을 반성하며 다르게 살아 보겠다는 욕구가 가슴 밑바닥에 흐른다. 이런 간절함에 부응하듯 '두 번째 산'이라는 글을 접했다.

　인생을 두 개의 산을 오르는 일로 비유한다. 첫 번째 산이 자아를 세우고 무언가를 획득하는 세계라면, 두 번째 산은 자기를 내려놓고 무언가를 남에게 주는 헌신의 과정이다. 첫 번째 산이 계층 상승과 엘리트적이면, 두 번째 산은 사람들과 손잡고 나란히 걷는 평등한 삶이다. 온 힘을 다해 돈·명성·권력을 얻어야 성공한 인생이라고 철석같이 믿었지만 삶이란 '혼자'가 아니라 '함께'하는 것이라고 가르쳐 준다.

　건강한 사회를 만드는 길은 자신의 내면으로 깊이 들어가 나 아닌 타인을 돌볼 수 있는 무한한 능력을 찾아내고 다른 이에게 헌신하는 쪽으로 자기 존재를 확장해야 한다. 그러므로 두 번째 산에 있는 사람들은 늘 감사와 희망을 가지고 살기에 기쁨이 사라지지 않는다. 타인에 대한 배려와 헌신이 전부다.

　인생의 후반부에 '두 번째 산'을 배우니 한 선배님의 충고가 인상 깊었다. 선배님은 퇴직 후 길고 무료한 시간을 잘 보내기 위해 '천산 대학(千山大學)'에 입학하여 졸업하기를 학수고대 한다며 나에게도 권하였다. 나는 물었다. "천산 대학이 무엇이어요?" 매주 산 하나를 정복하여 1년에 50회, 그렇게 해서 20년 건강히 오르내릴 수 있다면 인생을 잘 마칠 수 있을 것이라고 말씀하셨다. 나는 천산 대학은 무리일 것 같고, 그 십분의 일 '백산 대학(百山大學)'을 생각해 보겠노라고 미소를 지었다.

　집에 돌아와 잠자리에 누우니 다시 '두 번째 산'과 '천산 대학'이 머리에 떠올라 눈만 깜빡깜빡 거리며 잠을 이루지 못했다. 갑자기

나름 기발한 생각. '천산 대학'은 아니고 '천권 대학(千卷大學)'은 어떨까. 에디슨이 전기를 발견하듯 얼굴이 환해지며 '천권 대학'의 학칙을 만들어 본다.

내년에 퇴직하면 1주일에 한 권씩 책을 읽겠다. 책은 도서관에서 빌리지 않고 사서 보겠다. 읽은 책은 반드시 이웃이나 지인 등 이 책이 필요하다고 생각되는 이에게 직접 또는 우편으로 선물하겠다. 단, 한 사람에게 두 번 책을 보내지 않겠다. 그러면 한 달에 네 명에게 안부를 묻고 그들의 편안한 안녕을 위해 기도할 수 있을 것 같았다. 그래서 '천권 대학'으로 '두 번째 산'을 무사히 잘 넘을 것 같은 희망이 솟아올랐다.

'삶'이란 단어를 풀면 '사람'이 되고, '사람'에 붙은 각진 '네모(ㅁ)'를 둥글둥글한 '동그라미(ㅇ)'로 바꾸면 '사랑'이 된다. '사람이 약이고 사랑이 의사다.'라는 말을 세상에 퍼뜨리고 싶다. 비록 '첫 번째 산'을 허투루 넘었다 하더라도 나의 '두 번째 산'은 멋지게 넘어 '비난 덩어리'가 아닌 '진국 덩어리'로 나를 바꾸고 싶다. (2020)

나의 충동, 나의 글

70대 유튜버 박막례 할머니를 보면서 피안대소를 터뜨렸다. 특유의 구수한 입담과 솔직한 태도가 매력이 넘쳤다. 툭툭 던지는 말은 묘하게 위로가 되었다. 더 부러울 것 없이 실컷 웃었다. "남에게 장단 맞추고 살지 말어. 너 하고 싶은 대로 북 치고 장구 치다 보면 그 장단에 맞추고 싶은 사람이 와서 춤추는 거야."라는 말이 어찌나 속이 시원하던지 몇 번 돌려 보았다.

왜 나는 할머니의 한 소절 한 소절에서 위로를 받고, 한숨을 돌리며, 새로움을 가다듬는지 묻곤 한다. 나는 종종 나의 글이 좋은 글인지 그저 그런 글인지를 세상에 묻는다. 어제 누구에겐가 물었던 것을 오늘 또 다른 누구에겐가 똑같이 묻는다. 나는 글을 여러 잡지에 보내 보았다. 그리고는 나의 글이 다른 글과 비교하여 은연중에 우위에 있기를 바라고 소망했다. 이런 와중에도 잡지사의 편집부가 나의 글을 거절하는 것을 보게 될까 봐 불안해하며 자신을 가누지 못했다.

이렇게 지내온 하루하루가 내 글쓰기의 지난(至難)한 일과이다.

오늘은 할머니의 말마따나 누구에게도 신경 쓰지 않고 스스로 만족을 얻을 수 있도록 나 자신에게 맡기겠다. 이제 타인으로부터 답을 얻는 것을 포기하고 나 자신으로 돌아가겠다. 나는 언제나 타인을 향해 서서 답을 구했는데 그 누구도 나에게 필요한 도움이나 진실한 조언을 주지 않았기 때문이다.

앞으로는 물음이 있고 답이 있다면 오직 나에게 던져지고 펼쳐질 것이다. 그러기 위해 나는 무엇을 해야 하는가를 스스로 질문한다. 첫째로 나 자신 안으로 깊숙이 내려가야 했다. 그리고 어디에서부터 '글쓰기의 필요성'이 생겨나는지를 찾아보겠다. 글쓰기에 대한 욕구가 내 마음 깊은 곳에 뿌리를 내리고 있는지 살펴보아야 하고 끝까지 써내려갈 수 있는 집념이 뿌리를 뻗고 있는지를 확인해야 한다. 만약 사람들이 나로 하여금 나의 글을 쓸 수 없게 한다면 나는 어떻게 반응해야 할까? 그래도 끝까지 글쓰기를 멈추지 않을 수 있을지 질문해보아야 한다.

그 순간 "예"라는 답이 귀잔등에 종소리처럼 울려 퍼진다면, 단순하지만 힘 있게 이루어진 '나는 써야만 한다.'라는 굳은 결심을 묵직하게 받아들이겠다. 이젠 나의 목표를 저항할 수 없는 요구에 따라 세워 나가겠다. 가장 하찮아 보이는 나의 삶이 가장 고갈된 시간 안에서 깊은 충동의 표시와 증거로 열매 맺도록 하겠다. 이처럼 글쓰기가 나의 삶의 깊은 충동 그러니까 갈망의 표시가 되어 글을 쓰는 나를 만들 것이다.

좋은 글을 쓰고 인기 작가가 되는 것은 또 다른 영역이다. 오로지 '나는 쓴다. 고로 존재한다.'를 바탕으로 나의 능력만큼 노력하면서 쓰고 또 쓰면서 기다리고 기다리겠다. 계속 쓰고 기다리다 보면 행운은 예측하지 못했던 순간에 다가와서 손을 내밀 것이다. 그것이 글쟁이의 길이고 인생이다. '확 살아. 휙 간다.'라는 어느 시인의 말이 다시 가슴을 떨리게 하고 컴퓨터 자판 앞에 머무르게 한다.

등가교환(等價交換)이 말해주는 것처럼 무엇인가를 얻고 싶다면 묵묵히 무엇인가를 해야 한다. 날개는 누가 달아 주는 것이 아니라 내 살을 뚫고 나오는 것이다. 열심히 살지도 않고 큰 성취를 바라는 것이나 열심히 글도 쓰지 않으면서 좋은 글이 나오기를 바라는 것은 같은 맥락이다. 아무것도 안 하고 멋있어지길 바라는 것은 삶을 도둑질 하는 것이기 때문이다.

러시아 출신으로 뉴욕에 이민하여 롤러코스터 같은 인생을 살았고, 1970년대 한국 TV에 인기를 끌었던 시리즈 '야망의 계절' 원작자인 미국 작가 어윈 쇼(1914~1984)는 작가의 성공과 실패에 대해 "작가의 소양 중에서 절대적으로 필요한 요소 거의 재능만큼이나 필수적인 요소는 세상이 준 형벌이건 스스로 가한 형벌이건 그 형벌을 꿋꿋이 견디는 능력이다."라고 언급했다. 그렇다. 누구에게나 실패가 성공보다 더 지속적으로 찾아온다. 삶에는 어려움이 훨씬 많다는 뜻이다. 가끔은 화창한 날도 있지만 대개는 밖에 비가 내린다. 하지만 바로 그 형극에서 우리는 교훈을 얻고 새로움으로 무장해야 한다. 자기 자신에 대한 믿음이 없다면 그 형벌을 받아들이고 밀어제치며 나아갈 힘과 야망을 가질 수 없다. 결국 그런 작가는 글을 쓰는 체 하다가 평범한 사람이 되어 세상일에 빠지고 만다.

요즈음 글을 쓰는 것 외에는 그 어느 것도 나에게 어울리지 않다는 사실을 깨닫게 한다. 이것이 나이 들어가는 나에게 행복인지 불행인지는 종잡을 수 없다. 또 이 길은 내가 선택한 것이 아니고 이미 정해진 길에 들어선 운명처럼 느껴진다. 그래서 다시 신발 끈을 묶고 누구도 걷지 않은 작가의 길을 걷는다. 이것이 바로 '나의 충동, 나의 글'이다. (2018)

꿈을 지키는 한 문장

학년 초 직원회의가 열렸다. 각 부서 선생님이 전달 사항을 전했다. 장학계 선생님은 '삼성꿈장학'을 홍보하셨다. "매년 우리 학생 상당수가 '삼성꿈장학금'을 받습니다. 올해도 가정 형편이 어려운 학생을 많이 추천해 주시기 바랍니다."

장학계 선생님의 광고는 꿈장학 멘토로 어려운 학생을 도왔던 지난 기억을 떠오르게 했다. 하지만 지금은 아니다. 정년이 임박하니, 나 같은 원로교사에겐 무관하다고 단정했다. 조회를 마치고 컴퓨터를 켜고 교내 통신망을 살폈다. 전달 사항을 읽어가다 아침에 광고하신 장학계 선생님의 메시지를 보게 되었다.

"'삼성꿈장학'에 관심을 보여 주십시오. 우리 학생이 모두 풍요롭고 여유 있는 것처럼 보이지만 숨어 있는 어려운 학생들이 많습니다. 일부러 숨기지 않았고 누구도 숨지 않았건만 마치 없는 존재처럼 눈에 띄지 않을 뿐입니다. 흔히 우리는 학생을 사랑한다고 말하지만 불우한 학생들을 지나치기가 일쑤입니다. 첨부된 재단 공문을 참조하시어 추천해 주십시오. '연탄재 함부로 차지 마라!/ 너는/

누구에게 한 번이라도 뜨거운 사람이 되었느냐.'라는 시가 떠오릅니다. '뜨거운 삶'이 무엇이며, '한 번이라도'라는 시구가 가슴을 메이게 합니다."

한 명의 학생이라도 더 구하려는 장학계 선생님의 뜨거운 열의가 가득했다. 행동으로 사랑을 실천하라는 요지였다. 퇴직 핑계를 대지 말고 마지막 순간까지 최선을 다하라는 격려처럼 느껴졌다.

몇 년 만에 삼성꿈장학재단 홈페이지에 접속했다. 그간 학생 추천에 관한 변동 상황과 일정 등 주요 사항을 체크하고 숙지했다. 그리고 가정 형편이 어려운 학생을 찾기 시작했다. 지난해 수업 시간에 만났던 학생들 선생님들 사이에서 거론되었던 아이들 그리고 학교생활에 적응하지 못해 학생 상담실을 자주 들락거리던 아이들 등등….

만나는 학생에게 "장학금이 필요 이상으로 '삼성꿈장학'이 꿈으로 향하는 징검다리가 될 수 있다."라는 점을 누차 강조했다. 하지만 학생 대부분은 생활보호대상자로 여러 단체의 도움을 받고 있다며 나의 제의에 의외로 냉랭했다. 또는 이미 다른 선생님으로부터 추천을 약속받고 있었다. 결국 학생들과 끊임없이 긴밀한 유대 관계를 맺고 있어야 어떤 기회가 올 때 작은 도움이라도 줄 수 있다는 결론을 내렸다. 현실은 평소 학생들과 깊은 유대감을 갖지 못했다, 라는 자괴감만 남게 했다.

학교 내 나의 사무실인 어학 준비실은 네 명의 영어 선생님이 일하고 있다. 나와 캐나다 출신 원어민 교사, 그리고 두 분의 젊은 영어과 여선생님이다. 본 동과 떨어진 특별동에 위치하기 때문에 한적하고 학생들의 출입이 그리 빈번하지 않다.

하루는 수업을 마치고 들어오니 한 학생이 편치 못한 얼굴로 서성대고 있었다. 나는 학생의 이름표를 보고 대뜸 "찬호야 왜 왔어?"하고 물었다. 학생은 갑자기 낯선 선생님이 이름을 부르니 눈을 휘둥글리며 쳐다보았다. 나는 다시 "어떻게 왔어?"하며 다정하게 불렀다. 찬호는 "아닙니다. 담당 영어 선생님을 만나러 왔습니다."하며 겸연쩍게 대답했다. 그때 학생이 기다리던 선생님이 들어오셨다. 나와 대화는 더 이어지지 못했다.

점심 식사를 마치고 잠깐 쉬고 있는데 여 선생님이 말을 건다. 오전 시간에 만난 찬호 학생의 가정 형편을 이야기하며 꿈장학 추천을 부탁했다. 나는 "선생님이 추천하시죠."라며 거절했다. 여 선생님은 "이미 다른 학생의 추천서를 쓰고 있습니다."라고 답했다. 여 선생님이 부탁한 상황의 전후를 충분히 알고 있음에도 제가 학생도 잘 모르고, 정년이 코앞이니 열정이 없다고 답했다. 오전 시간 내내 가슴을 울컥하게 했던 장학계 선생님의 간절한 호소는 이미 공허한 메아리로 온데간데없었다.

다음 날 복도에서 찬호를 만났다. 어제보다 더 힘없는 모습이었다. 그냥 지나쳤다. 점심시간에 식당에 갔다. 학생도 교사도 왁자지껄 이야기를 나누며 즐거운 식사를 하고 있었다. 식사 도중 우연히 건너편에서 있는 찬호를 발견했다. 내 자리와 약간 떨어졌지만, 찬호의 행동과 표정을 잘 살필 수 있는 각도였다. 다른 학생들과는 달리 돌을 씹는 듯 밥을 먹고 있었다. 나는 식사를 마치고도 계속 찬호를 유심히 지켜보았다. 가끔 한숨을 쉬며 꾸역꾸역 밥을 입에 넣고 있는 그 모습 쇠도 녹일 나이에 밥알이 그렇게 질기고 힘든지 버둥거리는 표정이 안타까웠다.

학교 식당에서 사무실로 돌아와 휴식을 청했다. 눈이 가물가물하면서도 잠이 오지 않았다. 이틀간 뜻하지 않게 세 번씩이나 만난 한 학생의 모습이 눈에 그려졌다. 어제의 모습, 복도에서 마주쳤던 모습, 그리고 식당에서의 모습. 그 모습들이 반복해서 머리에 떠올랐다. 그리고 '한 번이라도, 뜨거운 사람이 되자.'라는 메시지가 가슴을 꽉 채웠다.

더는 망설이지 않고 여 선생님에게 물었다. "찬호 학생 삼성꿈장학 추천하실 선생님 찾았어요?" "아니오. 답답해 죽겠습니다. 선생님들이 이미 다른 학생을 추천하고 있어서." 그 말을 듣자마자, "제가 한번 추천해 볼까요?"라고 물었다. 여 선생님은 "추천해 주시면 정말 감사하겠습니다."라며 얼굴이 환해졌다. 여 선생님은 찬호를 불렀다. 그리고 나와 찬호를 번갈아 쳐다보시며 좋은 멘토와 멘티가 될 것 같다며 나와 찬호의 손을 잡아 주셨다.

걱정으로 가득 찬 찬호의 얼굴이 참 애잔하게 보였다. 그래도 추천 교사를 찾아서 그런지 밝게 미소를 지었다. 푸른 희망에 도전하는 적극적인 자세를 보였다. 감사의 눈빛도 어렸다. 학생을 잘 알지 못하기 때문에 추천서 접수 마감 날까지 매일 만나 학생의 가정환경 학생의 현재의 마음 그리고 미래의 꿈 등을 경청하고 메모했다. 학년 초 학급 담임을 맡은 상담이 기초 상담이라면 찬호와의 거의 2주간 상담은 심층 상담이었다.

급한 대로 추천서를 쓰기 위해 담임 선생님과 찬호의 친구들을 만나 찬호가 꿈장학 도움을 받아야 할 구체적인 이유를 탐문했다. 조사 결과는 상상 이상이었다. 당장 경제적인 지원이 없으면 찬호는 학업을 포기해야 할 형편이었다. 추천서를 쓰면서 마음이 아파

속으로 많이 울었다. 찬호가 처한 상황을 들으면 들을수록 도울 수 있다면 삼성꿈장학뿐만 아니라 어떤 방법으로든지 도와야 한다는 생각이 들었다. 누군가 돕지 않고 관심을 저버린다면 학업 중단은 물론이고 생각하지도 못할 불행한 일이 일어날 수 있다는 우려뿐 이었다.

언젠가 읽었던 김선영 소설 '내일은 내일에게'의 주인공 여고생 연두가 생각났다. 연두는 엄마와 아빠 두 분 다 돌아가시고 새엄마 와 이복동생과 함께 산다. 만만찮은 삶의 현실에 연두는 눈물을 많 이 흘렸다. 그러던 어느 날 연두에게 조그마한 빛이 스며든다. '커 피 전문점'에서 아르바이트를 시작할 때의 일이다.

연두는 자신의 말을 '소중히 담아 듣는 사람'이 있다는 것에 처음 으로 크게 감동한다. 마음을 다해 커피를 내리는 카페 아저씨를 보 고 연두는 의문을 가진다. '마음을 담는다. 마음이 무엇일까?' 그리 고 우연히 아저씨의 편지를 읽는다. 프랑스로 공부하러 오라는 초 청을 거절하는 아저씨의 편지 끝부분에 연두 이름이 등장한다. "연 두에게 우리가 아무것도 해줄 수 없지만, 그 아이의 미래를 기대하 는 것만으로도 힘이 되리라 생각이 듭니다." 연두는 놀란다. '내 미 래를 기대해주는 누군가가 있다는 것 내가 뭐라고 나 따위가 무엇 이라고.'

그렇다. 나에게는 연두가 찬호다. 찬호 역시도 자신이 기댈 수 있 는 누군가가 있다는 것을 확인할 때, 어깨에 힘이 축 처져 걷지 않 을 것이고, 의기소침하여 밥을 돌처럼 씹지 않을 것이다. 그를 도 울 누군가가 필요하다고 확신했다. 그래서 그가 씩씩하게 "나는 살 아 있으니까 나는 살고 싶으니까"라고 외치면서 하루를 힘차고 즐겁게 보내는 모습을 보고 싶었다. 또한, 학생 지도에 있어 정서적 지지의 중요성을 잘 알고 있었고 평생을 몸 바쳤던 교직에서 마지막 뜨거움을 전하는 선생님이 되고 싶었다.

마침내 추천서를 완성했다. 결과를 기다렸다. 대단히 초조했다. 좋은 결과가 나오지 않는다면…. 결코 상상할 수 없는 일이었다. 내 노력의 좌절은 며칠이면 잊겠지만 한 학생이 겪어야 할 절망은 가히 말로 표현할 수 없었다. 정말 애타는 하루하루를 보냈다. 발표 날짜가 다가올수록 더욱 불안했다. 결국 삼성꿈장학생으로 선정되었음을 확인했을 때 얼마나 기쁘고 벅찼는지 모른다. 이제 삼성꿈재단의 기대를 저버리지 않는 멘토가 되는 일이 전부라고 생각했다.

장학금이 입금되었다는 연락을 받고 멘토링을 위해 찬호를 자주 만났다. 그러던 어느 날 과연 내가 멘토 역할을 제대로 하고 있는지 아니면 장학금을 전달하는 선에서 대충마무리하고 있는지 의문이 생겼다. 궁극적으로 멘토와 멘티의 소통 부재를 느껴졌다. 찬호는 내게 마음을 완전히 열지 않았다. 추천서를 쓰기 위해 진술한 그 이상의 속내를 털어놓지 않았다. 나는 장학금 전달자에 불과하다고 자책했다.

다른 한편으로는 이 학생이 오로지 장학금만을 탐했는지 더 나아가 인격의 됨됨이까지 의심했다. 언제나 어렵다는 것만이 전부였을 뿐 정작 자신의 내적 문제에 대해서는 불분명했다. 내가 알고 싶어 하는 심적 상태, 성취동기, 학교생활의 적응 여부, 학습 능력 등을 정확히 알려 주지 않았다. 즉 생활이 어렵다는 것이 전부였다. 진정한 소통 부재로 멘토와 멘티의 대화는 계속 이어지지 않고 서서히 줄어들었다.

소통이 잘 이루어지도록 여러 방법을 시도했다. 개인적인 생활보다는 진로를 상담하기 시작했다. 학업학교생활 적응 여부도 질문했다. 진로 탐색 및 미래 비전 있는 유망 학과를 소개해 주었다. 그리고 미래의 관심 있는 대학을 찾고 진학하고 싶은 이유를 구체적으로 적어오라고 했다. 유대감을 형성하기 위해 진학 관련 행사에 함께 참여해 보자고 제안했다. 그리고 담임 선생님께 성격유형검사와 진학 탐색 검사 결과를 요청하여 학습 상담과 진로 상담을 진행했다. 하지만 만족할 만한 성과를 얻지 못하고 시간만 낭비하는 기분이었다.

어떻게 하면 멘토의 역할을 잘할 수 있을까 고민하던 중 오랜 교직 생활을 통해 나름대로 만들었던 '한 문장의 힘'이라는 자기 계발 지침을 적용해 보기로 했다. 도무지 의욕이 나지 않고 무력해지고 괴로울 때 암송할 수 있는 한 문장이 있다면 삶에 큰 도움이 된다는 내용이다. 자신만의 좋은 문장을 지니고 실천하는 사람은 인생에서 넉넉하고 성공적인 삶을 누릴 수 있고, 그래서 자신이 사랑하는 한 문장을 만들어 삶의 지표로 활용해야 한다는 뜻이다.

한 번은 조용히 찬호를 불러 "너 김형석 교수 알지?"하고 물었다. 찬호는 알고 있다는 듯 눈을 마주쳤다. 어린 시절 김 교수는 병약했다. 그의 어머니는 형석이가 스무 살까지 사는 것을 보았으면 좋겠다고 말하곤 했다. 그래서 그는 열네 살 때, 100세가 된 지금도 잊지 못할 한 문장을 만들었다. '나를 위해서 일하지 않고 이웃을 위해 일을 하겠다.' 그는 이 한 문장을 신념으로 삼았다. 이 문장에 힘입어 지금껏 건강하게 살고 있다며 '한 문장의 힘'을 설명했다.

나의 일화도 소개했다. 학창 시절에 제인 오스틴의 소설 '오만과 편견'을 읽고 한 문장을 만들어 마음에 새겼다고 말했다. 그리고 오만과 편견의 근원이 무엇이며 극복하는 방법을 곰곰이 성찰했다며 '어떤 상황에서도 겸손하자.'라는 한 문장을 만들었다고 했다. 이 한 문장은 항시 나를 균형 있고 조화로운 인물이 되도록 노력하게 했다며 '한 문장의 힘'을 극구 강조했다. 또, 한 문장은 안전지대의 울타리를 만들어주고 사고와 행동의 영역을 설정해 삶의 기쁨을 던진다고 역설했다.

왜 우리는 지금 이 순간 보고, 듣고, 느끼는 일상에 만족하지 못하는 것일까? 왜 인간은 현실이라는 시공간을 뛰어넘는 한 문장에 집착하는 걸까? 갑갑한 인생을 설명해줄 수 있는 더 큰 무언가가 필요하다고 설득했다. 이것이 한 문장을 마음에 기억하고 새기는 이유라며 직접 한 문장 만들기를 권했다.

찬호는 이야기를 듣고 수긍했는지 고개를 끄덕거리며 얼굴에 홍조를 띠었다. 며칠 후 찬호가 찾아왔다. "선생님! 저는 이런 문장을 만들었어요. '오늘을 살자.'라는 모토를 가지고 살겠습니다." 하며 웃었다. 왜 이 문장을 만들었는지 물었다. 그는 "창피할 정도로 부끄러운 지난날을 잊을 것이며 미래의 불안도 덜어버리고 하루하루 최선을 다하겠습니다."라고 답했다.

이렇게 이야기를 마치고 한 주가 지나고 두 주가 지났다. 시간이 흐를수록 찬호의 모습은 활기차고 생기가 넘쳤다. 더불어 조금씩 진솔하게 자신의 이야기를 털어놓기 시작했다. 멘토와 멘티가 서로 마음이 오가고 연대감이 형성되었다. 꿈장학이 학생을 격려할 수 있는 매개가 되었다면 그 결과로 꿈을 찾도록 삶의 한 문장을 만들도록 격려했는데 이 한 문장은 멘티에게 적극적이고 긍정적인 힘을 갖게 했다.

나는 더더욱 한 문장의 힘을 강조했다. 사람이 지니는 한 문장은 인생을 끌고 가는 전사의 역할을 한다며. 또한 내가 원하는 것을 알고 그것을 위해 내 삶의 전체를 던질 꿈을 갖는다면, 한 문장을 가진 사람은 자유의지를 가진 사람처럼 철저하게 자신을 지키며 삶을 치열하게 사랑할 수 있다고 강조했다. '뭐가 돼도 괜찮아!'라는 식이 절대 아님을 설명했다.

서로 마음이 통하자 찬호에게 주말을 이용하여 자원봉사활동을 하자고 제안했다. 장학금으로 도움을 받은 만큼 누군가를 도울 수 있는 사람이 되자고 했다. 안성맞춤으로 학교에는 봉사 활동 프로젝트가 많았다. 선택만 하면 봉사활동을 어느 때라도 할 수 있었다. 나는 찬호와 가까워지기 위해 선생님과 학생이 함께 참여하는 봉사활동을 신청하자고 일렀다. 찬호는 의젓하게 "선생님이 저 때문에 매주 주말을 포기하시면 제가 죄송합니다."라고 말했다. 나는 이렇게 철든 찬호가 내 살붙이처럼 친근하게 느껴졌다. "아니야, 선생님은 나이가 들어 주말에 할 일이 없어 항상 심심해!"라고 응수했다.

몇 달 동안 우리가 사는 지역에 위치한 보육원을 매주 토요일 오전마다 찾았다. 그리고 많은 이야기를 나누기 시작했다. 찬호는 자신보다 어려운 애들이 숱하게 많음을 알게 되었다고 고백했다. 비록 부모님이 경제적으로 큰 도움을 주지는 못하지만 집에 돌아가면 다정하게 웃어주는 분이 계시니 자신은 행복한 사람이라고 말했다. 그리고 '누군가를 도울 수 있다.' 라는 사실은 '오늘을 산다.'

는 자신의 한 문장을 확인하는 실천이라고 기뻐했다.

어느덧 시간이 흘러 대학 입시철이 가까워진다. 이제 가장 중요한 것은 대학 지원을 위한 입시지도다. 물론 담임 선생님이 잘 지도해 주시겠지만, 꿈장학 멘토인 나 역시 담임 선생님이 다룰 수 없는 영역을 찾아 찬호를 도와야 한다고 생각했다. 찬호에게는 부모 선생님 그리고 주위에 많은 사람이 있지만 정신적 연대와 지지를 아낌없이 보내는 단 한 명이 훨씬 더 소중하다고 생각했다. 그래야 고등학교 마지막 과정에서 지치지 않고 자신이 스스로 선택한 '오늘을 산다.'라는 한 문장의 힘을 지켜낼 것 같았다.

찬호는 공과 대학을 진학하여 엔지니어가 되어 사회에 일익을 담당하고, 경제적으로 어려운 자신의 가정을 돕고자 한다. 나는 교직 생활에서 다년간 고3 진학지도 경험이 있기 때문에 찬호의 성적으로 진학할 수 있는 대학과 학과를 쉽게 어림잡을 수 있었다. 하지만 내신 성적이 좋지 않아 수시 전형으로 진학하기도 그렇고 일반 전형은 수능 점수가 잘 나오지 않아 역시 역부족이었다. 이러지도 저러지도 못하고 계속 걱정스러웠다.

더불어 찬호는 가정 형편상 등록금과 학비를 지원받을 대학을 진학해야 하기에 더욱더 난감했다. 그럴 때마다 더 힘내라고 격려하고 부족한 과목에 대해 더 분발할 수 있도록 촉구했다. 그리고 구체적인 진로 계획은 전체 고등학교 종합 성적이 나올 때 더욱 세심히 살펴보자고 했다.

그런데 참 다행스럽게도 찬호는 아침 8시부터 시작되어 저녁 10시에 끝나는 고3 일정을 담담히 채워 나갔다. 담임 선생님에게 물었더니 성적은 크게 향상되지 않았지만 흐트러짐 없이 초지일관

학습에 전념한다는 것이다. 그 흔한 조퇴도 한번 없다며 기특하다고 대단히 칭찬했다. 멘토인 나에게도 감사하다고 말씀하셨다.

찬호는 나에게 이렇게 말했다. "선생님! 제가 성적은 우수하지 않지만, 일생에 한 번인 고3을 누구보다도 열심히 보낼 자신이 있습니다." 자신의 뒤에는 자신을 담는 멘토 선생님이 계시는 것을 자부한다고 했다. 그리고 더 중요한 것은 자기 삶의 지침이 되는 한 문장이 자신을 이끌고 있다고 말했다. 이 말을 듣고 얼마나 감사했는지 '마음의 강물'이 끝없이 흘러내렸다.

꿈장학 지원서를 써 주기로 하고 지원신청서를 준비하며 멘토링 계획서와 일지를 정성껏 써 내려가던 그 시간이 밤하늘의 별처럼 반짝반짝 떠오른다. 한 번이라도 따뜻한 사람이 되어야 한다는 장학계 선생님의 말씀이 어쩌면 찬호의 멘토가 되게 했는지 모르겠다. 이제 대학 입시도 몇 달 남지 않았다. 찬호가 마지막까지 최선을 다해 원하는 대학에 합격하기를 진정으로 바란다. 그리고 '꿈을 지키는 한 문장'을 평생 간직하며 이웃에 봉사하고 헌신할 수 있는 아름다운 사람이 되기를 진정 바란다. (2019)

제 2 부

살며 깨달으며

보이지 않은 것들

코로나19로 연일 무서운 공포와 긴장이 이어진다. 며칠을 혼자만의 막을 치고 지내니 심신이 피폐해진다. 그러던 중 선배님께서 연락을 주셨다. "방구석에서 사흘을 버티니 배춧잎 햇볕에 말라 버린 것처럼 온몸이 누리 딩딩 부석부석하다고." 결국 작당을 하자고 하신다. 그래도 코로나19를 피하기에 한결 났다고 하는 어딘가로 피신하자고. 4명의 일행은 낚시채비를 하고 보이지 않아서 더 두려운 바이러스를 피해 여수시 섬달천으로 향했다.

바이러스가 어디에 도사리고 있는지 눈에 보이면 피하기라도 할 터인데, 체육관이나 식당에서나 카페에서나 도통 보이지 않아 더 무서워 천혜의 자연을 찾은 것이다. 바닷가에 도착하여 자리를 잡고 서투른 강태공의 일을 시작했다. 보이지 않는 바이러스를 피해 왔는데, 이제 바다에서 보이지 않는 고기를 낚아 올리려는 우리의 모습이 어설펐다. 왜 우리는 보이지 않은 것에 목을 맬까? 보이지 않은 것을 피하기도 하고 보이지 않는 것을 찾으면서…….

보이지 않는 존재의 힘에 관한 소설이 있다. 독일 작가 파트리크

쥐스킨트의 '향수'다. 1985년 발간되어 전 세계 독자를 사로잡았다. 보이지 않는 냄새에 천재적인 능력을 타고난 주인공이 향기로 세계를 지배하는 과정을 기상천외하게 그린 줄거리다. 완벽한 향기를 채취하려 소녀들의 목숨을 잇달아 빼앗는다. 이 연쇄 살인마는 결국 붙잡히지만 보이지 않는 향수를 뿌리고 형장(刑場)에 나타난다. 기막힌 일이 벌어졌다. 사람들이 영문도 모른 채 그를 사랑하게 되고, 피해자 부모마저 그를 아들로 삼겠다고 나섰다. 보이지 않는 냄새의 영향력을 알리는 무서운 결정판이었다.

유발 하라리도 긍정이든 부정이든 진짜 보이지 않는 존재의 힘에 대해서 '사피엔스'에서 썼다. 인간은 민족·종교·국가 같은 보이지 않는 것을 상상할 수 있었기에 세계를 지배하게 되었다는 게 그의 긍정적인 통찰이다. 부정적으로는 바이러스나 기후의 변화 등 지구를 위협하는 것들이 보이지 않게 도사리고 있다고 했다. 바이러스나 냄새 분자는 눈과 코에 의식하지 못할 뿐 분명히 존재한다. 우리가 현재 겪고 있는 코로나19도 마찬가지다.

그리스어 '유토피아'의 어원을 따지면 '좋은 곳'이기도 하고 '보이지 않은 곳'이기도 하다. 이상향이란 어쩌면 좋은 곳이기 때문이 아니라 '보이지 않는 곳'이기 때문에 계속 꿈을 꾸게 되는지도 모르겠다. 사람은 바쁘다는 핑계로 오늘 때문에 당장은 급해 보이지 않는 일, 사랑이나 행복 같은 일들을 눈에 띄지 않는다고 내일로 미룬다. 하지만 내일이면 너무 늦을 수 있고 놓칠 수 있다. 생의 이별과 같은 슬픔이 언제나 갑자기 보이지 않게 찾아오기 때문이다.

지금 우리에게 무엇보다도 급한 일은 눈에 보이지 않는다 하더라도 당장 사랑하는 일이며 오늘의 행복을 참지 않은 일이다. 오늘이 세상의 첫날인 것처럼 온통 나와 당신을 사랑하고, 오늘이 세상의 마지막 날인 것처럼 아낌없이 사랑하고 행복해야 한다. 그래야 보이지 않는 것들을 놓치지 않고 살아가는 셈이다. 선배님이 가르쳐 주신다. "퇴직 후 돈 벌 생각 말고, 받은 연금이나 다 쓰고 살라고."

　나는 이제껏 보이지 않는 것들을 깊이 추구하지 않았다. 내일을 위해 오늘을 살았고 또 어제를 후회하며 오늘을 살았다. 하지만 코로나19는 내게 보이지 않는 것들을 붙잡으라고 가르쳐 준다. 어쩌면 보이지 않는 코로나바이러스를 잘 피해 가는 것도 보이지 않는 것을 놓치지 않고 살아가는 일인지도 모르겠다.

　지난 날 보이지 않아 놓쳐서 후회했던 과오를 범하지 않겠다. 보이지 않아서 두려운 것을 어떻게 물리칠 수 있을까? 보이지 않아도 원하는 것을 찾아낼 수 있을까? 앞선 두 물음표가 코로나19 시대의 우리에게 던져진 새로운 도전이다. 반나절 즐거운 시간을 주셨던 섬달천의 일행에게 감사를 드린다. (2020)

따뜻한 십계명

초겨울 날씨가 제법 쌀쌀하다. 낙엽이 우수수 떨어진다. 떨어지는 낙엽을 보니 우리들의 삶을 다시금 생각하게 한다.

봄, 여름, 가을 지나 겨울이 되면 생로병사의 마지막 단계를 맞이하는 것처럼, 나이가 들면 결국은 하나의 종착지로 향하게 된다. 그래서 그런지 매년 이 시기가 되면 먼저 세상을 떠나신 분들과 죽음에 대해 다시 생각하고 묵상한다. 그중 올해 우연히 알게 된 한 분의 죽음이 머리에 지워지지 않고 가슴 한 구석을 파헤친다.

천안의 한 아파트 엘리베이터 안에서 서른다섯 살 검사 이상돈이 숨진 채 발견되었다. 밤늦게까지 사건을 처리하고 귀가하던 길이었다. 현장에 도착한 119 요원이 심폐소생술을 했지만 그는 눈을 뜨지 못했다. 부검 결과, 사인은 과로사(過勞死)로 추정되었다. 그는 아내와 세 살배기 아들을 두고 홀연히 세상을 등진 것이다.

장례를 마친 아내가 남편이 남긴 물건을 정리하다 낡은 수첩 하나를 찾았다. 다해진 가죽 수첩 안에는 'Mind setting(마음가짐)'이라는 제목의 글이 발견되었다. 아내는 장례를 도와준 천안지청에 감사 편지를 보내면서 이 글을 적어 보냈고 천안지청은 그 내용을 내부 통신망에 올렸다.

'1 항상 남을 배려하고 장점만 보려고 노력하자. 2 언제나 밝은 모습으로 지내자. 3 내 주변 사람들에게 언제나 친절하고 애정을 보이자. 4 일은 열정적이며 완벽하게 하자. 5 생각을 바르게 그리고 똑똑하게 하자. 6 감사하자 감사하자, 그리고 겸손하자.……' 살면서 스스로 지키고자 다짐한 일종의 자신의 '십계명'이었다. 어찌 보면 뻔한 말들이었지만 100명에 가까운 검사들이 정말 수첩에 적은 대로 살았던 검사라며 애도의 댓글을 달고 슬퍼했다고 한다.

한 검사는 "늘 다른 사람들에게 애정을 갖고 대하고 열정적으로 일했던 검사였다."라고 했고, 선배 검사는 "후배지만 선배같이 훌륭하게 살았던 검사"라고 했다. "이 검사가 남긴 글을 마음에 새기고 근무하겠다."라며 눈물을 흘리는 이도 있었다. 다른 이는 남을 배려하는게 몸에 밴 사람으로 그를 기억했다. 이 검사의 십계명 중엔 '건강에 대한 자만심을 버리자.'라는 내용도 있었는데 다른 건 다 지키면서 사건을 제대로 처리하자는 욕심에 자기 건강을 지키지 못했다며 안타까워했다.

그의 아내는 감사 편지에서 검사 이상돈은 타인을 귀히 여기고 사랑하는 마음으로 약자를 배려하며 살았다면서 부디 짧은 시간이었지만 온 힘을 다해 헌신했던 그를 잊지 말아 달라고 부탁했다. 그러면서 그의 하나밖에 없는 아들을 '난 사람'이 아닌 '된 사람'으로, 훌륭한 성품을 가진 이 나라의 기둥으로 키울 수 있도록 지켜 봐 주시길 부탁드린다고 덧붙였다.

참 애석하고 가슴 아린 이야기다. 특히 수첩에 담긴 자신에게 엄격하고 남을 배려하는 다짐의 열줄짜리 글이 잊히지 않는다. '감사하자 감사하자, 그리고 겸손하자.'라는 문구에서는 '언제나 기뻐하십시오. 끊임없이 기도하십시오. 모든 일에 감사하십시오.(I 테살 5,16-18)'라는 성경 말씀이 연상되기도 한다. 그가 그리스도를 믿는 신앙인인지 아닌지는 확인할 수 없지만, 올바른 삶을 영위하려고 최선을 다하신 분이 분명했다.

보통 사람들은 현재를 100세 시대라고 스스로 안위한다. 현대 문명과 의학의 발달로 초고령화 시대를 살고 있음을 누구도 부인할 수 없다. 하지만 종종 장례식장을 방문하여 안내 전광판에 적혀 있는 망자들의 면면을 살펴보면 100세 시대에 이르지 못하고 이른 나이에 절명한 사람이 의외로 많다. 섬뜩하고 아깝게도 40대에 죽은 이도 있고, 50대에 죽은 이도 있다. 이는 전체의 현대인을 '100세 시대'라고 말할 수 있지만, 개개인 한 사람 한 사람을 살필 때는 단연코 100세 시대라고 말할 수 없다. 예컨대 내가 60살이라고 나의 삶이 30년 또는 40년이 남았다고 생각한다면 큰 오산이다. 죽음은 한밤중에 찾아온 불청객처럼 언제 어느 때든지 누구에게든 불현듯 찾아올 수 있다.

러시아 문호 톨스토이는 죽음이라는 문제를 필생의 수수께끼이자 과제로 여겼다. 그는 '반드시 죽을 수밖에 없는 필멸의 존재로서 우리의 유한한 삶이 과연 어떤 의미를 가질 수 있을까?'라는 물음을 지치지 않는 문학의 추구로 갈구했다. 우리들의 유한한 삶이 죽음을 통해 무효가 된다면 과연 삶은 어떤 의미를 가질 것인가. 그렇다면 우리는 어떻게 살아야 할 것인가는 완전히 다른 문제가 되어버린다. 하지만 어쩌면 죽음이 우리의 삶을 무효로 만들어 버리지 않고 망자의 삶을 판단한다는 유효임을 믿기에 더 진지하고 가치 있는 삶이 되도록 최선을 다하려 애쓴다.

물론 죽기를 바라는 사람은 아무도 없지만 죽음은 우리 모두의 종착지다. 잘 죽기 위해서는 잘 살아야 한다. 이 세상은 단지 나그넷길이므로, 오히려 평생 죽음 후에 올 영생(永生)의 길을 준비하며 사는 것이 인생이라 할 수 있다. 내세(來世)가 있기에 나그넷길에서도 희망을 잃지 않고 살아갈 수 있다. 더 나아가서 살아 있는 동안 갑자기 닥쳐올지 모르는 죽음을 생각하고 늘 준비하는 자세를 가져야 한다. 그래서 절체절명의 순간에서도 허둥거리지 않는다.

이제는 욕심을 버리고 비울 줄 아는 겸손한 삶을 살아야 할 것이다. 돈과 사람 특히 자식에 대한 집착도 버려야 한다. 언제 어느 때 유명을 달리한다 해도 나는 죽음이 두렵지 않다. 그 때문에 괴로웠던 적은 없었다고 자신 있게 말할 수 있도록 살아야 한다. 그러기 위해서는 고(故) 이상돈 검사와 같이 자신만의 '따뜻한 십계명'을 만들어 마음에 간직하며 실천해야 할 것이다. 그래서 우리의 유한한 삶이 영원한 생명을 얻을 수 있는 기저와 바탕이 될 수 있도록 해야 한다.

오늘도 창문 밖의 매서운 찬바람에 나뭇잎들이 우수수 떨어지고 벌판에 무성했던 것들이 수그러든다. 그렇지만 세상의 모든 것이 다 사라지는 것은 결코 아니다. 고(故) 이상돈 검사의 짧은 생애에서도 알 수 있듯이 비록 그분의 자취는 비워졌지만 그는 우리 산자의 가슴을 채우며 살아있다.

아메리카 인디언이 11월을 '모두 다 사라진 것은 아닌 달'로 불렀는데 아마도 이와 같이 육신은 사라졌지만 소중하고 고귀한 정신은 우리 마음에 길이길이 남아 있음을 의미한 것인지도 모르겠다. (2018)

우생마사(牛生馬死)

코로나19가 전국적으로 재 확산하고 내 고향 순천에도 확진자가 급증하고 있다. 시청 재난 문자가 빗발친다. 마스크 착용 의무에서부터 확진자 동선까지 하루에도 수통을 받는다. 지난 홍수를 가까스로 잘 피했다고 안도했는데 이번은 그렇지 못하다. 광화문 집회 이후로 펼쳐지는 제2의 팬데믹(Pandemic)에 속수무책이다. 같은 규모의 인근 여수는 괜찮은데 왜 유독 우리 지역만······.

며칠 조심하며 온종일 집에 머물렀다. 연일 지겨운 나날이다. 오늘은 다행히 안성맞춤으로 선배님의 전화를 받았다. 다른 선배님과 함께 청정 지역인 구례로 피신하자고 하신다. 감사히 승낙하고, 두 분을 모시고 폭우로 몸서리를 친 구례 방면으로 차를 몰았다.

그렇게 재산과 생명을 위협했던 물난리가 있었건만 섬진강은 아무 일 없었다는 듯이 청명한 하늘과 더불어 능청스럽게 유유히 흘러내렸다. 간간히 물기가 빠져 널려진 대나무 등 피해의 흔적도 역력히 눈에 띄었다. 한 선배님이 말씀하신다. 전번에 구례 피해 복구 봉사활동을 왔을 때 조금 오래 머물렀다면 물 먹은 소 떼를 볼 수 있었을 것이라고. 그리고 소와 말을 비교하며 물에 대처하는 소와 말의 차이점을 이야기해 주신다. 나도 폭우 속에 물을 피해 아스팔트 거리로 몰려다니던 소 떼 사진을 방송으로 본 적이 있었다.

계속된 집중 호우로 동네 집들과 축사가 물에 잠기자 키우던 소는 지붕 위로 올라갔다. 소가 어떻게 지붕 위로 올라갈 수 있었을까. 소는 물에 뜰 수 있다. 소의 배는 크고 빵빵하기 때문에 물에 빠졌을 때 이게 부력(浮力)을 지니게 된다. 그래서 물에 빠진 소는 가만히 있어도 물에 둥둥 뜬다. 그러니 물이 차오른 지붕 위로 올라갈 수 있다. 물이 빠진 상태에서 서너 마리 소가 파란 양철지붕 위로 올라가 있는 것을 보니 삶과 죽음의 경계를 오가는 상황에서 본능적으로 살기 위해 발버둥 쳤을 녀석들이 안쓰럽다.

사찰로 물을 피해 부처님의 품으로 찾아든 소도 있었다. 어느 사찰에서는 인근 축사를 탈출한 소 10여 마리가 마애약사여래불이 모셔져 있는 유리광전 앞마당에 모여 들었다고 한다. 소를 찾던 주인은 사찰의 연락을 받고 소를 안전한 곳으로 이송해 1시간여의 탈출극은 막을 내렸다. 그런가 하면 어느 지방엔 집중호우에 휩쓸려간 소가 수 십km 떨어진 야구장 둔치에서 발견되었다는 뉴스도 있었다. 둔치에서 한가롭게 풀을 뜯고 있는 소의 귀에 붙은 표지를 보니 어떤 축산 농가의 소로 확인할 수 있었다고 한다.

말(馬)은 홍수로 떠내려가면 죽는다. 살려고 필사적으로 네 발을 허우적거리다가 탈진해서 죽는다. 전쟁터의 전차부대나 기마병의 말은 그 스피드로 인해서 능력을 발휘하지만, 홍수가 났을 때는 아주 취약하다. 반대로 소는 논밭의 쟁기질이나 하는 농우(農牛)에 지나지 않지만, 홍수 철에는 기지를 발휘하여 허우적거리지 않고 둥

둥 떠내려가며 생명을 보존한다.

이야기를 들으며 우리의 인생과 삶의 이치도 우생마사(牛生馬死)와 같다고 생각했다. 인생을 살다 보면 누구나 극한 상황을 만나게 된다. 시련이라는 어려움을 겪지 않는 사람은 아무도 없다. 이때 대부분의 인간은 허우적거리게 되어 있다. 지푸라기 하나라도 잡으려고 발버둥을 친다. 그러다가 더욱 상황이 악화한다. 어떻게 하면 홍수 났을 때의 마(馬) 처럼이 아니라, 소처럼 부력을 지닐 수 있을까. 이런 부력이야말로 삶을 이겨나가는 힘, 내공이다. 이 내공이 갖추어진 사람은 어떤 상황에서든지 흔들리지 않는다.

인간이 이 세상에서 사는 것은 별이 하늘에 빛나는 것과 비슷하다. 별들은 저마다 신에 의해 규정된 궤도를 따라 움직이고 생성하고 소멸한다. 어쩜 하늘이 붓는 물줄기를 거부하는 것은 무모한 짓일지도 모른다. 소처럼 물길을 따라 유유자적할 수 있는 내공이 있어야 한다는 뜻이다. 인생이 우리 의지대로 되는 게 아니라는 사실도 깨달을 때 소처럼 물에 떠서 살아날 수 있는 부력도 얻을 수 있다.

신앙인은 더욱더 그렇다. 신의 섭리에 모든 것을 맡기는 깊은 신심이 지극히 요구된다. 코로나19로 전 세계 인류가 힘들고 고통스러운 시기인 지금 프란치스코 교황의 메시지를 종교를 떠나 모든 분과 나누고 싶다. (2020)

강은 자신의 물을 마시지 않고,
나무는 자신의 열매를 먹지 않으며,
태양은 자신을 비추지 않고,
꽃은 자신을 위해 향기를 퍼뜨리지 않습니다.

남을 위해 사는 것이 자연의 법칙입니다.

우리는 모두 서로를 돕기 위해 태어났습니다.

아무리 어렵더라도 말입니다

인생은 당신이 행복할 때 좋습니다.

그러나 더 좋은 것은 당신 때문에 다른 사람이 행복할 때입니다

단순하고 안정된 삶

우연히 라디오 국악 프로그램을 들었다. '전설 따라 삼천리' 같은 재미있는 이야기가 흘러 나왔다. 한여름에 세 명의 선비가 낮술을 마시고 강가 바위에서 낮잠을 즐겼다. 지나가던 저승사자는 그들을 죽은 자로 잘못 판단하여 염라대왕 앞으로 데리고 갔다. 아직 죽을 때가 멀었다고 확인한 염라대왕은 저승사자의 실수를 사죄하며 그들이 원하는 삶으로 다시 태어나게 해 주겠다고 제의했다.

첫 번째 선비는 감사를 아뢰며 학식이 높은 집안의 자녀로 태어나 과거에 급제하여 문(文)으로써 세상에 이름을 떨치고 싶다고 했다. 염라대왕은 두말도 필요 없이 원하는 세상으로 돌려보내 주었다.

두 번째 선비는 무과에 합격하고 상장군이 되어 오랑캐를 물리치는 등 무(武)로써 명성을 날리며 살기를 원한다고 아뢰었다. 이번에도 염라대왕은 선비의 소원을 들어 주었다.

세 번째 선비는 머리를 숙이며 점잖게 자신의 소망을 말했다. "저는 소박한 가정에 태어나서 부모의 사랑을 가득 받으며 자라고 성실히 노력하여 부모에게 효도하고 싶습니다. 그리고 착한 아내를 만나 자식들도 잘 키워 효도를 잘 받는 시골 촌부가 되고 싶습니다." 이야기를 듣고 한참을 머뭇거리며 노려보던 염라대왕은 선비를 가까이 오라고 이르렀다. 선비가 염라대왕에 가까이 가자 왕은 갑자기 주먹으로 머리를 내려치며 "그런 자리 있으면 내가 가겠다."라고 역정을 냈다.

두 명의 선비는 문(文)이든 무(武)든 무엇인가 뛰어난 성취를 바랬고 마지막 선비는 단순하고 안정된 삶을 원했다. 이 이야기는 우리에게 삶의 의미와 경중을 깊이 성찰하게 한다.

존 레넌, 폴 매카트니, 조지 해리슨, 링고 스타, 이 4명은 영국의 전설적인 밴드 비틀스의 멤버다. 비틀스가 무명일 때 드러머(drumer)는 링고 스타가 아니라 피트 베스트였다. 그는 가장 인기가 많았고 비틀스의 마스코트였다. 나중에 링고 스타에게 자리를 빼앗겼다.

사연은 비틀스가 첫 음반 계약을 따내고 녹음을 사흘 앞둔 때 매니저는 피트를 불러 말했다. "다른 밴드를 알아봐." 피트는 쫓겨났다. 그 후 비틀스는 승승장구했다. 이를 지켜보는 피트는 괴로웠다. 비틀스에 바친 시간이 물거품이 된 데다 개인 음악 활동도 실패하고 말았다. 괴로운 마음을 이기지 못해 우울증에 걸린 그는 연예계를 떠나 새로운 인생을 살았다. 소박한 공무원이 되었다.

그로부터 수십 년 동안 비틀스는 영욕(榮辱)의 시절을 겪는다. 그 사이 존 레넌과 조지 해리슨은 불의의 사고로 세상을 떴다. 어느 인터뷰에서 피트는 이렇게 말했다. "비틀스는 성공을 맛보았지만 슬픔이 컸어요. 하지만 나는 건강하고, 행복하고, 사십 년간 함께 살아온 아내도 있고 두 딸과 귀여운 손주도 네 명이나 있어요. 내 삶에 만족합니다." 밴드에서 쫓겨나 명성과 영예는 얻지 못했지만, 다른 귀한 가치를 알았다고 고백했다. 바로 단순하고 안정된 삶의 소중함을 깨달은 것이다.

요즘 나이가 드니 젊은 시절에 추구했던 것들이 너무 허무맹랑했다는 생각에 자책감을 갖게 한다. 특히, 자녀를 키울 때 더 그랬다. 아이를 세칭 일류 대학에 보내는 것이 나의 전부였다. 얼마나 아이를 닦달했는지 모른다. 인기 드라마 'SKY 캐슬'에 나오는 '차파국'씨가 나 자신을 비추는 것 같아 드라마를 계속 보지 못하고 다른 채널로 돌려버렸다.

아이들은 최고의 밥벌이를 얻으려고 태어난 것이 아니라 행복하기 위해 태어났다는 사실을 망각한 지난날이었다. 가정에서 행복하지 못한 아이가 어디서 행복을 맛볼 수 있겠는가 반성해도 너무 늦은 것 같아 안타까움이 가득하다. 가슴에 남겨진 상처를 무엇이 대신할 수 있을 것이며 상처뿐인 승리가 무슨 소용이 있을까 무엇을 위해 그렇게 아이들이 일류 대학 가기를 원하고 애태웠는지 모르겠다. 과연 많은 돈을 벌고 지위와 명예가 높아지는 것이 조금 뒤에서 머뭇거리더라도 단순하고 안정된 삶보다 더 소중할지 탄식이 나온다. (2018)

'살아가는 것'과
'살아지는 것'

종종 질문을 던진다. 지금 나는 주체적으로 삶을 '살아가는 것'인지 아니면 마지못해 '살아지는 것'인지를. 물론 능동적으로 살아가고 있다고 대답해 보지만 자신에 찬 답은 아니다. 너무나도 많은 경우에 '어쩔 수 없이 하고 있기 때문'이다.

평생을 건강하게 살아오신 어머니께서 사고를 겪고 병원 생활을 시작하셨다. 숨 가쁜 일들이 계속 이어졌다. 수술을 마치고 재활병원으로 옮겨 안정을 취하고 있음에 한숨을 돌리는 순간 병원으로부터 연락이 왔다. 생각지도 못했던 심장에 문제가 불거져 어머니를 종합병원으로 이송해야 한다는 것이다. 뜻밖의 사고와 연이은 질병들 앞에서 마음이 초조해지는 나날을 보냈다. 다행히 회복하여 재활병원으로 옮겼는데 이번에는 소화기에 문제가 발생했다. 대변을 볼 때 아무리 힘을 주어도 한 덩어리를 자력으로 배출할 수가 없어 다시 종합병원으로 옮길 수밖에 없었다. 살아가는 것이 아니라 살아지는 것을 절감하는 나날이었다.

나의 일상도 한꺼번에 많은 일들이 벌어져 어찌해야 할지 모르는 상황 속에서 반복된다. '살아가는 것'인지 아니면 '살아지는 것'인지 잘 구별이 되지 않는다. 아침에 눈을 뜨면 당연히 직장으로 향해야 하고 일요일엔 거의 의무적으로 교회에 간다. 내키지 않지만 끊임없이 주어진 일들을 반 의무감으로 완수하며 살아가는 것이 우리의 삶이다.

'살아가는 것'과 '살아지는 것'으로 구별해 보라면 후자에 훨씬 가까울 것 같다.

한 심리학자가 공사현장에서 흥미로운 한 인부를 발견했다. 모든 인부들이 바퀴 두개짜리 수레를 쳐다보면서 손잡이를 잡고 밀고 가는데 딱 한 인부만이 앞에서 수레를 끌고 간다. 심리학자는 다른 행동을 하는 그에게 이유를 물었다. "다른 사람들은 모두 수레를 보면서 밀고 가는데 어째서 당신만 보지 않고 끌고 갑니까?" 그러자 인부는 별 이상한 것을 다 물어 본다는 표정으로 퉁명스럽게 대답했다. "수레를 하도 밀고 다니다 보니 꼴 보기 싫어서 그러네요." 심리학자는 순간 뒤통수를 맞은 기분이었다. 수레를 밀고 가는 사람은 평생 수레만 봐야 하지만 수레를 끌고 가는 사람은 하늘과 땅 등 세상을 다 볼 수 있기 때문이다.

우리 역시도 수레를 밀고 가는 사람인지 수레를 끌고 가는 사람인지를 스스로 물어야 한다. 즉 인생을 살면서 '살아가는 것'인지 '살아지는 것'인지를 잘 구별해야 한다는 뜻이다. 인생의 주인공이 '나'라면, 살아간다는 말이 맞지만, 누구에 의해 살고 있다면 그것은 살아지는 것이다. 우리 삶의 주인공이 바로 나 자신이라는 사실을 인식할 때 우리는 조금은 다르고 더 성숙한 삶을 살 수 있다. 내 인생은 분명히 나의 것이기 때문에 더 절실하다.

또한, 행복은 가끔 오지만 불행은 떼를 지어 온다는 말처럼 인생에는 어지럽도록 바뀌는 순간이 허다하다. 인생이란 정말로 무슨 일이 일어날지 모르는 일이다. 단지 살아가는 게 힘들다. 뜻대로 되는 일이 거의 없다. 누군가는 '인생은 풀잎에 이는 바람과 같은 것이다.'라고 말했다. 허무하고 허망하면서 거친 것이 인생이다. 그렇다고 해서 이 인생을 바람 부는 대로 젖어 살 수는 없는 일이다.

아인슈타인은 '어제와 똑같이 살면서 다른 미래를 기대하는 것은 정신병 초기 증세이다.'라고 말했다. 살아지는 삶에서 살아가는 가치를 찾는 의도적인 내적 변화가 필요하다는 뜻이다. 즉, 살아지는 것에서 살아가는 능동적 삶이되기 위해서는 다른 각오를 가져야 함을 명심해야 한다. 또한 '친구 따라 강남 간다.'는 말이 있듯이 살다보면 가고 싶은 길을 떠나기도 하지만, 가기 싫어도 할 수 없이 떠밀려가는 경우가 있기 마련이다.

인생이 비록 자기 뜻대로 떠난 여정이 아니더라도 값어치가 없는 것은 아니다. 요점은 어느 상황에서든지 '살아지는 삶'에서 '살아가는 가치의 질'을 찾는 작업이 절실히 필요하다. 자신의 북극성을 찾고 그 가치에 따른 삶에 전념해야 한다.

종교의 유무에 관계없이 '살아가는 것'은 삶을 사랑하는 것이고, '살아지는 것'은 삶을 사라지게 하는 것이다. 능동적이고 적극적인 삶을 살 때 '살아가는 것'이고 수동적이고 소극적인 삶을 살 때 '살아지는 것'이다. 몸은 고단하고 아파도 헌신적인 삶의 의지가 있으면 '살아가는 것'이고, 몸이 건강해도 삶의 의지가 박약하다면 '살아지는 것'이다. 자신과 이웃을 사랑한다면 '살아가는 것'이고, 그저 자신의 안위에 머무른다면 자신은 물론 이웃마저 사라지게 하는 것이다.

　나는 지금 '살아가는 것'인지 '살아지는 것'인지를 진지하게 성찰하고 싶다. (2019)

두 번은 없다

오랜만에 시외버스를 타고 교외로 나왔다. 서성대는 승객 없이 모두 자리에 앉았다. 차창 넘어 저물어가는 하루해를 보며 마음의 짐을 훨훨 날려 버린다. 처음에는 자가용 시대에 잠시 불편한 듯했지만, 그런대로 제법 안락함을 느끼고 직접 운전하는 수고를 더니 기분이 매우 좋았다. 평소 대중교통의 편리함을 극구 찬양하던 친구들의 목소리가 생생하게 들려오는 듯했다.

버스에서는 귀에 익은 흥겨운 가요가 흘러나온다. 낯선 환경 속에서 경직된 피부를 마사지하듯 귀의 솜털을 나부끼게 했다. 연이어 몇 곡을 들으니 나도 모르는 사이 흥이 오르고 연신 어깨가 들썩거렸다. 그런데 어느 가사를 따라 부르다보니 감흥에 목이 메고 주르르 눈물이 났다. 가수 송대관이 부른 '인생은 생방송'이었다.

인생은 생방송 홀로 드라마 되돌릴 수 없는 이야기
태어난 그 날부터 즉석 연기로 세상을 줄타기 하네
(넘어질 듯 넘어질 듯 줄타기 하네. 쓰러질 듯 쓰러질 듯 줄타기 하네.)

미움이 넘칠 땐 사랑을 붙잡고
눈물이 넘칠 땐 기쁨을 붙잡고
인생은 재방송 안 돼 녹화도 안 돼
오늘도 나 홀로 주인공

가사 말이 예사롭지 않다. 사람들은 왜 생방송을 좋아할까. 가짜가 끼어들지 못하기 때문일까. 올림픽이나 월드컵 축구경기 때 한밤중에부터 새벽까지 자지 않고 생중계를 보려고 하는 것도 같은 이유일까. 우리의 인생도 생방송에 빗댈 수 있을 것 같다. 늘 '라이브(Live)'다. 가짜가 있을 수 없고, 편집이 있을 수 없다. NG가 나도 되돌리지 못한다. 한 번 지나간 시간은 고칠 수 없다. 이 버스를 타게 한 30분 전 결정을 되돌릴 수 없듯이. 하물며 몇 년 몇 달의 선택을 어떻게 바꿀 수 있을 것인가.

언젠가 성당에서 새신자 입교식이 있었다. 10여 명의 예비신자가 기대에 찬 얼굴로 홍조를 가득 띠고 교회의 안내를 경청하고 있었다. 선교분과장과 수녀님의 말씀이 끝나자, 본당회장이라는 소임으로 내 차례가 돌아왔다. 무슨 말로 이 소중한 순간에 그들의 시선을 잡고 교리학습의 장정에 도움이 되게 할까 고민했다. 지금 이 순간 나에게 부여된 생방송이었다. 어떻게든 나에게 부여된 시간을 죽이 되든 밥이 되든 알차게 메워야 했다.

환영한다는 인사말과 더불어 오늘 이 자리에 있음의 과정이 어떠하든 여러분의 선택임을 강조했다. 어떠한 경우라도 이 선택에 본인의 자유의지가 일 순위였으므로 책임을 져야 한다고 은근히 압박했다. 그리고 이러한 선택의 결정은 두 번은 없다며 중도에 탈락하지 말고 이왕지사 선택한 것 잘 마무리 맺어 천주교 형제자매가 되자고 역설했다. 몇 분에 불과한 짧은 시간이지만 그중에서 '두 번은 없다'라는 말이 가장 중요했다. 삶이 생방송임을 달리 표현한 말이었다.

'두 번은 없다'라는 말을 되새기니, 폴란드의 시인 비스와바 쉼보르스카의 시가 떠오른다. 나는 이 시를 자주 소리 내어 읽었다.

> 두 번은 없다 지금도 그렇고
> 앞으로도 그럴 것이다 그러므로 우리는
> 아무런 연습 없이 태어나서
> 아무런 훈련 없이 죽는다.
>
> 우리가 세상이라는 이름의 학교에서
> 가장 바보 같은 학생일지라도
> 여름에도 겨울에도
> 낙제란 없는 법
>
> – 비스와바 쉼보르스카 「두 번은 없다」 중에서 –

시인의 말처럼 반복되는 하루는 단 한 번도 없고, 두 번의 똑같은 밤도, 두 번의 같은 눈빛도 없다. 지난 해 이루지 못한 것들을 아쉬워하고, 어떤 상황에서 도피하고 싶다 생각하는 사람들에게 이 시를 나팔수처럼 귀에 건네고 싶다. 무엇보다 우리에겐 두 번은 없으므로 무슨 일을 할 때 심오한 숙고, 정확한 판단, 그리고 과감한 실천이 이어져야 한다는 뜻이다. 그래야 다시 새로운 시간이 우리를 반갑게 기다릴 것이다. (2018)

생각보다는 마음이

새해를 맞이하여 굳게 결심했다. 매일 아침 등산을 하고 헬스클럽에 등록하며 독서와 글쓰기를 꾸준히 하겠다. 더불어 '선행을 한 가지 실천할 거야!'라는 멋진 계획을 세우기도 했다. 우리가 받은 인생의 최고의 선물은 더 큰 사람, 더 좋은 사람이 되어 세상에서 얻은 걸 이웃에게 되돌려 주고, 타인의 인생에 선한 영향력을 끼치는 일임을 깨달았기 때문이다.

그러나 한 달 중반이 지난 지금 실천 성적표는 썩 좋지 않다. 특히 건강과 관련된 등산이나 헬스클럽 다니기는 이러저러한 이유로 실천하지 못했다. 어떤 조사에 의하면 새해가 시작할 때 헬스클럽에 가입한 사람들의 약 80%가 2월 둘째 주 즈음에 그만 둔다고 한다. 그 이유는 무엇일까? 생각은 간절하나 지속적인 실천은 그렇게 간단하지 않다는 뜻이다. 작심삼일이라는 말이 있듯이 올해도 작년과 다르지 않게 내년을 기약해야 할 것 같다.

왜 우리는 좋은 생각을 실천하지 못할까. 이유는 생각이 행동으로 옮겨지지 않기 때문이다. 생각과 행동 사이에 무엇인가 연결고리가 있는데 이것이 제대로 작동하지 않기 때문이다. 그러면 과연 이 중요한 연결고리가 무엇일까. 바로 '마음'이다.

즉 뇌가 생각을 하라고 지시해도 마음이 내키지 않으면 행동으로 이어지지 않는다. 대부분 학생들은 새 학년에 들어서면 열심히 공부해서 원하는 상급 학교에 진학하겠다고 결심한다. 하지만 실제로 많은 학생이 생각만큼 행동으로 옮기지 못한다. 이는 진정한 마음이 부족해서다.

그러면 생각과 마음의 차이는 무엇일까. 먼저 '생각은 어디서 나며 마음은 어디에 있을까?'라는 질문을 해 본다. 사람들은 보통 생각은 뇌에서 나오고 마음은 '가슴이요!'라고 대답한다. 노래의 가사에 마음이 아프면 심장이 시리다는 표현을 하듯이. 그렇지만 사실 생각과 마음은 똑같이 뇌 안에 있다. 생각이 뇌라는 컴퓨터의 하드웨어에서 출발한다면 마음은 뇌의 소프트웨어쯤으로 생각할 수 있다. 컴퓨터가 잘 작동하려면 하드웨어와 소프트웨어가 상호작용을 이루어야 하듯 생각과 마음도 유기적으로 잘 작동해야 한다.

그래서 중요한 건 생각을 마음이 이어나가도록 해야 한다. 즉, '마음의 근육'을 키울 수 있도록 단련이 필요하다. 그럼 마음의 근육을 단련하는 비법은 무엇일까. 너무 뻔한 답이다. 생각이 꽃을 피우고 열매를 맺을 수 있는 마음을 가꾸어 주어야 한다. 마음이 생각의 목표를 향해 잘 관리되도록 신실함을 유지해야 한다. 그렇게 신실함을 유지할 때 성취동기가 강해지고 행동으로 옮겨진다.

종교인은 이러한 마음을 잇고 키우기 위해 성경이나 불경 등의 경전을 읽고 묵상하며 끊임없이 기도하고 수행한다. 이는 마음에 말씀과 기도가 가득할 때 생각을 행동으로 실천할 수 있기 때문이다. 그래서 마더 테레사나 인도의 간디와 같은 위대한 인물은 끊임없이 종교적 성찰을 통한 마음의 힘으로 행동하고 세상을 바꾸기 위해 노력했던 것이다.

작가는 어떠한가. 글쓰기 의지가 행동으로 옮겨지기 위해서는 먼저 종교인과 마찬가지로 글을 대하는 노력이 항구적으로 필요하다. 송나라 문장가 구양수의 '삼다(三多)의 법칙' 중에서 첫 번째 다독(多讀)과 두 번째 다작(多作)이 글 쓰는 사람의 기본자세라고 한다면, 세 번째 다상량(多商量)은 생각을 마음으로 연결하는 중요한 고리가 될 것이다. 마음을 헤아리면서 자아와 꾸준히 토론하고 타협할 때 글을 항구적으로 쓸 수 있고 걸작을 기대할 수 있다.

대문호 괴테의 명구(名句)가 떠오른다. '생각하는 건 쉽고 행동하는 건 어렵다. 하지만 세상에서 제일 어려운 건 생각대로 행동하는 것이다' 그래서 우리는 양심과 용기를 무기로 삼아 자신의 생각을 행동으로 옮긴 인물을 존경하고 사랑한다.

우리는 새로운 봉사 즉 용기 있는 희생을 보여야 할 시대정신의 소명에 솔선수범하는 선구자다. 각자의 영역에서 깊은 성찰을 통해 마음에 내공을 쌓도록 노력해야 한다. 그때 개개인 좋은 생각의 발상이 구체적으로 실천될 것이며 세상과 이웃에 필요한 산 증인이 될 것이다. 또한 우리가 세상에 변화를 일으키기 위해 노력했다는 것을 알게 될 것이다. 그것이 바로 우리 삶의 최고의 선물이며, 생각에 마음의 힘이 작용하여 말보다 행동하는 삶을 실천하게 된다. (2018)

내려놓는 마음

요즈음 마음이 적적하다. 여태껏 살아오면서 이런 기분은 처음인 것 같다. 이미 육체는 조금씩 감지해 왔지만, 마음 한구석에 이제 '내려놓는 마음'이 태동하기 시작한다. 무엇을 언제 어떻게 내려놓을 것인가 고민이 싹 튼다. 아직 정년까지는 2년이라는 시간이 남아 있어 최대한 나의 몫을 채우리라 다짐하지만 그것이 전부가 아님을 알게 한다.

올해는 나보다 훨씬 어린 후배들이 미련 없이 명예퇴직으로 직장을 떠났다. 그들은 건강 등 여러 가지 이유를 말하지만, 사실 다 내려놓고 싶은 마음이 앞선 듯하다. 먼저 떠나는 동료와 후배들을 보니 나는 무엇을 위해 이렇게 앙칼지게 버티는가. 스스로 물어보기도 한다.

이 '내려놓는 마음'이 직장을 퇴직할 지의 문제만은 아닌 것 같다. 자식 교육 등 우리의 일상에 있어 적절한 시기가 되면 겸손하게 내려놓는 넓은 아량이 있어야 한다. 내가 다 할 것이라고 나서고 간섭하고 붙들고 있는 것이 오히려 더 문제가 될 수 있다. 때론 진퇴를 선택하는 현명함이 절실히 필요하다. 그래야 사람과의 관계가 녹녹해지고 몸과 마음이 재충전되어 새로운 나날을 맞을 수 있기 때문이다.

미국 펜실베이니아주(州)에 사는 채리티 베스라는 여성이 페이스북에 엄마로서의 고충을 털어놓으며 엄마도 종종 내려놓고 싶을 때가 있다고 강조했다. 두 아이를 가진 엄마의 솔직한 공개편지가 대중의 큰 호응을 얻었다.

어느 엄마든 피곤하다고 말하면 말 그대로 정말 피곤하다는 얘기다. 아들이나 딸을 버리거나 아이들 존재를 잊고 싶다는 뜻이 아니다. 엄마도 혼자 있는 시간이 필요하다고 하면 진짜 잠시나마 홀로 있고 싶어서 하는 말이다. 엄마 된 것이 후회된다거나 인생에 실수였다는 뜻은 결코 아니고 조금 내려놓고 쉬고 싶다는 것이다.

엄마가 도움이 필요하다고 말할 때는 그걸 할 능력이 없다고 투정하는 게 아니라, 실제로 도움이 간절하다는 것이다. 저녁으로 국수를 만들었다고 해서 아이들에게 일주일 내내 국수만 먹이는 건 아니다. 어느 집을 방문했을 때 집안이 엉망인 모습을 봤다고 그 집이 늘 엉망진창일 것이라고 수군대선 안 된다. 엄마도 종종 편안함을 선택하는 내려놓음이 필요하다.

엄마가 친구들과 함께 외출하고 싶다고 말할 때는 그냥 그리 해보고 싶다는 것이지 엄마가 독신 상태로 돌아가겠다는 것도, 책임감을 벗어나고 싶다는 것도 아니다. 엄마는 매일 언제나 자식의 인생을 돌보느라 자기 자신의 삶은 포기하는 경우가 다반사다. 이 세상에 엄마만큼 많이 포기하고 많이 줄 수 있는 인간은 없다. 엄마도 이해받을 자격이 있다는 것이고 엄마도 잠시 내려놓는 순간이 필요하다는 의미이다.

인생의 길을 걷다가 힘들면 내려놓으라는 어느 스님의 이야기도 있다. 어떤 사람이 스님을 찾아가 물었다. "스님, 저는 사는 게 너무 힘듭니다. 매일 같이 이어지는 스트레스로 인해 너무나도 불행합니다. 저에게 행복해지는 비결을 가르쳐주세요." 이 말을 들은 스님은 "제가 지금 정원을 가꿔야 하거든요. 그동안에 이 가방 좀 가지고 계셔요."라고 부탁을 했다. 가방 안에는 무엇이 들어 있는지 모르지만 그렇게 무겁지는 않았다. 그는 행복의 비결을 얻지 못하고 가방을 들고 있으라는 부탁에 당황했다.

그런데 시간이 지나면서 가방이 점점 무거웠다. 30분쯤 지나자 어깨가 아팠지만 스님은 도대체 일을 마칠 생각을 하지 않았다. 참다못해 스님께 물었다. "스님, 이 가방을 언제까지 들고 있어야 합니까?" 이 말에 스님은 이렇게 말했다. "아니, 무거우면 내려놓지 뭐 하러 지금까지 들고 계십니까?" 이 순간 이 사람은 커다란 깨달음을 얻었다.

이해인 수녀님의 산문집 「기다리는 행복」을 우연히 만나게 되었다. 평소에 수녀님 글을 사랑해 왔는데 그 분의 귀한 책을 접하니 매우 기뻤다. 마치 세상을 향한 간절한 기도 한 바구니를 받아든 기분이었다. 그 책의 종잇장과 그 안에 박힌 글자들과 책갈피를 넘길 때마다 책갈피에 불어오는 바람까지도 사랑에 젖어있는 듯 했다. 세상의 누가 그토록 간절히 기도하며 글을 쓰겠는가. 당신에게 글을 쓰게 하는 힘은 무엇일까. 물어보고 싶었다. 책의 말미에 수녀님 역시도 모든 것을 내려놓고 기다리는 마음이라고 알려 주셨다.

좋은 기도나 희생과 극기도 모두 '내려놓은 마음'에서 출발한다.

행복하기 위해서는 바로 자신이 들고 있는 것을 내려놓으면 되는 것이다. 내려놓으면 편안해지고 자유로워지는데 그 무거운 것들을 꼭 움켜잡고 있으려 해서 힘들고 어렵다. 우리는 내려놓지 못하는 것이 너무 많다. 모두 내려놓자! 그래야 행복이 바로 내 옆에 있음을 발견할 수 있다. 내려놓고 더 내려놓고 사는 여유가 우리의 삶을 지배하기를 진정 바란다.

인생은 아무것도 보이지 않는 망망대해지만 해는 뜨면 반드시 지고, 인생의 바다에는 길이 없다. 길은 내가 만들어 가는 것이다. 이 새로운 길을 위해 잠시 내려놓을 수 있는 마음이 필요할 것이다. 그래서 목표를 이루지 못해도 실패라고 말하지 말고 '이번에 이루지 못할 뿐, 다시 도전하기 위해 휴식한다.'라고 편하게 자기 최면을 걸 수 있다. (2019)

기다림의 순정

문학 동인들과 시화전을 준비하기 위해 여수에 위치한 도공의 집을 방문했다. 크게 도움은 되지 못했지만 반나절 보람 있는 시간을 보냈다. 집으로 돌아오는 길목에 평범한 공원을 둘러보았다.

공원에는 넓은 호수가 있었다. 호수를 따라 죽 둘러 있는 시의 표지판이 눈길을 끌었다. 우리들은 시 한 편 한 편을 읽으며 이야길 나누었다. 그 중에서 황지우 시인의 시에 발이 떨어지지 않았다. '너를 기다리는 동안 나는 너에게 가고 있다.'라는 마지막 구절을 읊조릴 때, 누구나 한 번은 경험했을 기다리는 마음에 가슴이 쓸어내렸다.

기다림이란 무엇일까? 사랑하는 이를 기다리는 시적 화자의 마음이라고 여겼지만 그게 전부는 아니었다. 나는 아직 시간이 되지 않았는데 미리 가서 너를 기다리고 있다. 발자국 소리와 바스락거리는 나뭇잎 하나에도 놀랄 만큼 너를 초조하게 기다리고 있다. 그런데 그것이 '너'가 아님을 확인하는 순간 '나'는 가슴이 아리다, 라는 표현에 공감했다. 또, 기다림을 일방적인 것에 그치지 않고 너에게로 가는 능동적인 행위로 단정하며, 평범한 일상어를 통해 절묘하게 형상화한 감동의 작품이었다.

'기다림'이란 어구에 머뭇거리니 생각이 무성해져 여러 기억이 떠올랐다. 어린 시절 기다리는 일이 힘들어 짜증을 부려 부모님께서 자주 혼을 내셨다. 곤란한 일이 생기고 중요한 사항을 판단할 때 급히 서두르지 말고 숨 한번 내쉬라는 할머니의 충고가 귀에 따가웠다. 그때는 기다림의 의미가 무엇인지를 잘 몰랐다. 용기 있고 과감한 행동이 전부인 양.

세월이 흘러 조금 무엇인가를 알게 되니 기다림이 결코 시간 낭비가 아님을 깨달았다. 한번은 어느 친구에게 분노가 치밀어 밤새 역정의 편지를 썼다. 문자로 발신해야 할지 아니면 내일 직접 만나서 전할지를 고민했다. 다음 날로 미루었다. 아침에 일어나 글을 읽어 보았다. 내 자신이 너무 유치하고 한심스러웠다. 편지를 찢어 버렸다.

카톡방에서도 낯붉힌 메시지를 접하면 당장 빠져 나오고 싶을 때가 있다. 한 번 다시 생각해 보지 하고 하루를 기다렸다. 차분한 마음으로 메시지를 확인하니 별 문제가 없었다. 열 받을 이유도 없고 신경 쓰지 않으면 그만이다고 가볍게 넘길 수 있었다. 서두르면 문제의 본질이 보이지 않고 일을 그르친다, 라는 말을 실감했다.

화가 나면 호르몬 때문에 눈에 보이는 것이 없다, 라는 정신과 실험의 결과가 있다. 살다 보면 화나는 일, 당황스러운 일, 곤란한 일이 자주 일어난다. 이럴 때 신중한 대응 즉 차분한 기다림이 필요하다. 섣부른 대응을 하면 일을 망치고 역효과를 일으킨다. 오히려 기다림은 우리의 마음을 평정하게 하고 편안하게 한다.

해외여행 중 외국인을 만날 때 그들이 자주 쓰는 우리말은 '안녕하세요. 감사합니다.'라는 표현이다. 여기에 하나를 더 부치면 '빨리빨리'라는 말이다. 우리 한국 사람들이 얼마나 서둘렀으면 이런 우스개 표현으로 우리를 놀리는지 모르겠다.

물론 빠른 결정과 과감한 행동이 다 나쁘다는 것은 아니다. 긴급을 요하는 순간들도 수두룩하다. 하지만 삶의 경량을 따져 더 진지함을 추구하기 위해 뭉그적거리는 버릇도 필요하다. 나는 시험문제 출제나 원고 마감 시간이 가까워질 때까지 뭉그적거리다 마감을 앞두고 촌각을 다투는 버릇이 있다. 처음에는 '뭉그적거리는 시간'을 질책했는데 요즘은 달리 생각한다. 뭉그적거림은 무슨 일을 할 때 준비하고 마음을 가다듬은 소중한 시간이라 여겨진다. 밥할 때 뜸 들이는 시간, 목욕탕에서 물에 몸을 불리는 시간, 사랑을 고백하기 전 이쪽저쪽으로 굴려보며 마음 둘레에 근육을 붙이는 시간처럼. 고양이가 뱅글뱅글 돌며 똥 눌 자리를 고르는 일과도 엇비슷하다.

식물학자 호프 자런의 '랩 걸(Lap girl)에 씨앗의 기다림을 이야기하는 대목이 있다. '대부분 씨앗은 자라기 시작하기 전 적어도 1년을 기다린다. 체리 씨앗은 아무 문제없이 100년을 기다리기도 한다. 각각의 씨앗이 정확히 무엇을 기다리는지는 그 씨앗만이 안다.' 어둠을 자궁 삼아 웅크려 있었을 100년의 기다림! 어느 연꽃 씨앗은 싹을 틔우기까지 중국의 토탄 늪에서 2000년을 기다려온 것으로 밝혀졌다. 이 2000년은 죽은 시간이 아니라 '나아가는 시간'이라고 한다.

무슨 일이든 시작하기에 앞서 때를 기다려야 한다. 알맹이가 '스스로 나오고 싶어질 때'까지. 기도를 할 때 '기도하고 싶은 마음'이 안에서부터 치밀어 오르길, 또는 글을 쓰려고 할 때 '쓰고 싶은 마음'이 솟구쳐 종이 위로 글자들이 뛰어내릴 준비를 마칠 때를 기다려야 한다. 그래야 기도하는 사람은 제대로 기도할 수 있고, 쓰는 사람은 만족할 수 있는 편안한 글을 만들 수 있다.

숨죽이고 기다린 데는 이유가 없어 보일지라도 분명한 이유가 있다. '아직'이라는 씨앗은 우리가 기다림의 순정에 머무를 수 있다면 '기어코'라는 열매를 맺는다. 우리의 부모님들이 우리를 키울 때 얼마나 많이 기다려 주었는가! 우리도 자녀들에게 무한히 조건 없이 기다림의 순정을 백분 발휘해야 한다.

시에서 화자가 기다리는 것은 '오지 않는 너'이지만 '너'에 대한 기다림을 설렘과 행복하고 충만한 심정으로 표현하고 있다. 어찌 보면 '너'를 만날 미래보다 현재의 기다림을 흡족해 하는지도 모르겠다. 소망에 대한 기다림은 반드시 성취될 때만 소중한 것이 아니라, '너를 기다리는 동안'의 초조와 절망 속에서 오히려 희망을 확인하는 역설이 존재한다. 그래서 우리는 항시 기다림의 순정을 두근거리며 희망의 빛을 간직하며 사는 것이다. (2018)

메멘토 모리
(Memento mori)

산에 올라가 굽이굽이 떨어진 먼 곳을 쳐다보았다. 저무는 해의 모습이 너무나 아름다웠다. 하지만 첩첩이 쌓인 아득한 저 너머로 해가 지는 걸 보니 '사람이 산다는 것'이 무엇인지 새삼스레 사람의 일에 대해 생각게 한다. 하루해가 서녘으로 기울 듯, 사람들도 살 만큼 살다가 인연이 다하면 언젠가는 이 세상에서 사라져 갈 것이다. 이것이 인생이고 운명이라고 여기니 마음이 착잡해지고 숙연해진다.

겨울 바다가 보이는 창가에서 정담을 나누는 남매가 있다. 의사인 오빠가 누이에게 묻는다. "인간의 운명이 다 다르다고 생각하느냐?" 누이는 "달라요."라고 대답했다. 오빠는 "아니야. 나는 내 직업상 수없는 인간의 죽음을 보았어. 죽음은 인간의 운명이다. 죽음 앞에선 늦거나 빠르거나 인간의 운명은 모두 같다."라고 말했다. 누이는 오빠의 말에 수긍하듯 "맞네요. 50년, 100년 후에는 오빠나 나나 존재하지 않을 테니까요."라고 응수했다.

해 지는 광경과 남매의 대화는 모두 유한한 사람의 한계를 돌아보게 한다. 사람은 각자 다른 환경에서 태어나 별별 삶을 산다. 누구는 부자 부모를 만났고, 누구는 평생을 가난과 고통 속에서 살았고, 누구는 전쟁터에서…. 결국은 태어나서 늙고 병들고 죽는다는 것은 하나의 귀결이다. 이렇게 유한을 인정하니 겨울을 재촉하는 차가운 바람은 더욱더 서늘하며 을씨년스럽다.

셰익스피어의 '햄릿'에 등장하는 인물들의 끝도 마찬가지다. 모두 주검이다. 남녀 주인공 햄릿과 오필리어도 결국 죽는다. 오늘도 세계 어느 극장의 무대에서 햄릿은 고통을 짊어지고 죽어간다. 관객은 주인공의 파멸을 보면서 연민과 공포를 느끼고 자신을 돌아본다. 삶이 얼마나 예측 불가능한지, 우리가 얼마나 취약한지, 왜 현재에 감사해야 하는지…. 비극 햄릿이 존재하는 이유다.

그러나 대부분의 사람들은 죽음을 인지하면서도 정작 자신의 죽음에 대해서는 태연하고 용감무쌍하다. 자신의 죽음을 전혀 의식하지 않고 죽을 것 같지 않게 살아간다는 뜻이다. 무엇이 사람으로 하여금 이렇게 만용을 부리게 하는 것일까. 영원히 죽지 않을 것 같이 살아가는 우리에게 경종을 울리는 라틴어 단어가 있다. 이 단어의 뜻은 '자신의 죽음을 기억하라.' 또는 '너는 반드시 죽는다는 것을 기억하라.'를 뜻하는 낱말이다. 한 마디로 '죽음을 기억하라.'라는 '메멘토 모리!'였다.

옛날 로마에서는 원정에서 승리를 거둔 개선장군이 시가행진을 할 때 노예를 시켜 행렬 뒤에서 큰소리로 외치게 했다고 한다. 승리했다고 너무 우쭐대지 말라. 오늘은 개선장군이지만, 언젠가 너는 죽는다. 그러니 어떻게 살아야 할 것인가를 잘 헤아리라는 의미다.

사람은 대체로 60만~70만 시간을 살다 간다. 현대 의학의 발달로 수명만 길어질 뿐 생로병사는 그대로다. 노년이 늘어날수록 슬픔을 견뎌야 할 일이 더 많아진다. '어떻게 죽을 것인가'는 '어떻게 살 것인가' 못지않게 위중한 질문이 되었다. 죽음을 삶에서 우선순위에 두라는 뜻이다.

동양에도 형태가 있는 것은 반드시 소멸한다는 제행무상(諸行無常)이라는 말이 있다. 태어나는 것은 반드시 죽는다는 뜻이다. 우리의 죽음을 인정하며 세상을 살라고 가르친 것이다. 비록 죽음을 감지하는 속도는 나이별로 달라 청년에게 죽음을 설파한들 자기 일 아니라고 팔짱을 끼겠지만, 죽음은 버스를 기다리듯 우릴 기다리고 있다. 부모, 남편, 아내 등 누구도 그 길을 막아주지 못하고, 대신 가주지 못하고, 함께 가지 못한다.

지금 이 시간 내가 느끼는 죽음은 마른 대지를 적시는 소낙비나 조용히 떨어지는 단풍잎과 같다. 겨울이 오듯 죽음이 계절처럼 올 수도 있다. 그래서 내가 받았던 빛나는 선물을 나와 함께 살았던 사람들에게 나누고 싶다. 침대에서 깨어 눈 맞추던 가족, 정원에 울던 새, 어김없이 피던 꽃들…. 원래 내 것이 아니었으니 모두 돌려보내고 싶다. 우리말에 죽는다고 할 때 돌아간다는 표현을 쓰는 것처럼 애초에 있던 그 자리로 내가 돌아간다고 생각하니 너무 멋있고 아름답다.

하지만 돌아가기 전 일말의 두려움이라도 있다면, 하루하루 촌음(寸陰)을 아끼고 후회 없는 삶을 사는 것이 죽는다는 두려움을 극복하는 유일한 방법이다. 흔히 후회는 '한 일에 대한 후회'와 '하지 않은 일에 대한 후회'로 구분한다. '한 일에 대한 후회'는 오래가지 않는다. 이미 일어난 일이기 때문에 그 결과가 잘못되었더라도 '그만한 가치가 있었다.'라고 얼마든지 정당화할 수 있다. 하지만 '하지 않는 일에 대한 후회'는 쉽게 정당화되지 않는다. 한 일에 대해서는 내가 한 행동, 그 단 한 가지 변인만 생각하면 되지만, '하지 않은 일에 대한 후회'는 그 일에 대해 일어날 수 있는 변인이 너무 많고 죽을 때까지 후회한다.

　어쩌면 죽음을 향해 나아가는 한 보 한 보는 살아가는 매 순간 순간이 될 수 있다. 그러므로 삶이란 매 순간 죽어가는 체험이다. 삶이 이토록 절실한 것은 죽어가면서 이리 살아 있는 까닭이다. 길섶한 송이 꽃 앞에 발길 멈추고 눈길 마주할 때 셀렘 없이는 네게 다가갈 수 없는 것처럼 바로 이 순간이 이번 생에서 처음이자 그 마지막 순간이 된다. 매 순간을 혼신으로 오롯이 살지 않을 수 없는 이유는 이 순간 우리 함께 죽어가기 때문이고 죽음을 기억해야 하기 때문이다. (2019)

제 3 부

지친 너에게 희망을

고도를 기다리며

프랑스의 극작가 사뮈엘 베케트가 쓴 '고도를 기다리며'라는 희곡이 있다. 극의 주인공들은 오랫동안 고도를 기다렸으나 나타나지 않았다. 그들의 대사는 되풀이되었다. "가자?" "안돼" "왜?" "고도를 기다려야지……" 그들이 애타게 기다리는 '고도'란 무엇일까. 작가는 무력한 상황에서 삶조차 통제할 수 없는 현대인을 포착한 것이라고 한다.

거대한 흰고래와 벌인 사흘간의 사투…… 미국 해양문학의 걸작 허먼 멜빌(1819~1891)의 '모비딕(Moby Dick)'은 인간과 자연의 투쟁을 담은 모험 소설이다. 포경선(捕鯨船) 선원들이 전 세계 바다를 누비며 흰색 고래 '모비딕'을 잡기 위한 사투를 벌린다.

고래를 쫓다가 목숨을 잃은 사람도 한둘이 아니었다. 섬뜩한 풍모의 에이해브 선장은 모비딕에게 한쪽 다리를 잃고 복수심에 불타 계속 대양으로 나간다. 하지만 무사하지는 못했다. 모비딕은 선원들을 검은 바다에 수장시키고, 선장마저 배의 잔해와 함께 바닷속으로 사라지게 한다. 우리가 '모비딕'을 사랑하는 이유는 불가능에 도전하려는 선장의 모습에서 주어진 숙명을 뛰어넘으려는 인간의 집념이 보이기 때문이다. 이것이 고도를 기다리는 사람들의 삶이다.

여름 휴가철의 달력은 텅 비어 있다. '모든 계획이 망가진 해'로 기록되는 2020년이다. 지금 겪고 있는 코로나19 사태가 괴로운 이유는 전선(戰線)이 따로 없고 일상을 언제 회복할지 가늠할 수 없기 때문이다. 나올듯한 희망과 기대가 뒤섞여 백신과 치료제를 학수고대한지 벌써 수개월째다. 기다리는 능력이 DNA에 내장되어 있다는 말처럼 그 끝없는 기다림을 온몸으로 겪고 있는 셈이다. 이렇게 우리는 코로나19 정복이라는 고도를 기다리며 몸부림 치고 있는 것이다.

젊은 시절에 그가 오면 반갑고 떠나면 섭섭했다. 그가 떠나고 나면 세상이 온통 빈 것 같고 눈에 띄는 모든 게 무의미해져서 마음을 잡지 못했다. 한번은 기차를 탄다고 해서 역까지 배웅을 나간 적이 있었다. 그를 보내고 나니까 웅성거리는 역이나 광장의 사람들도 다 사람의 형상을 하고 부유하는 허깨비에 지나지 않아 보였다. 집으로 돌아와 이불을 쓰고 누워 버렸다. 참았던 울음이 복받쳤다. 이불을 꼭 붙잡고 서럽게 흐느꼈다. 나 자신도 내가 그렇게까지 슬퍼할 줄 몰랐기 때문에 창피하기도 하고 미쳤다 싶었다.

세월이 흘러 가끔 그가 떠오르면 피천득 수필 인연의 마지막 구절을 외운다. '그 집에 들어서자마자 마주친 것은 백합같이 시들어가는 아사코의 얼굴이었다. … 그리워하는데도 한 번 만나고 못 만나게 되기도 하고 일생을 못 잊으면서도 아니 만나고 살기도 한다. 아사코와 나는 세 번 만났다. 세 번째는 아니 만났어야 좋았을 것

이다. 오는 주말에는 춘천에 갔다 오려 한다. 소양강 가을 경치가 아름다울 것이다.'

그리움이나 만남도 은총처럼 저주처럼 저 밖에서 왔다가 흘러간다. 떠나간 사람을 그리워하는 것도 일종의 '고도를 기다리며' 살아가는 삶이 아닌지 모르겠다. 서정란 시인의 '물망초'란 시에는 이런 구절이 있다. '기도하지 마라. 떠난 사랑은 돌아오지 않는다. 시위 떠난 화살처럼 떠난 사랑은 돌아오지 않는다.'

그러나 사람들은 넘지 못할 강을 보면서도 저 너머를 기다리며 희망을 갖는다. '노인과 바다'에서도 노인은 84일간 고기 한 마리 잡지 못한 불운에 휩싸인다. 하지만 노인은 불굴의 의지로 운에 기대어 대어를 낚을 수도 있다며 출조를 감행한다. 아무리 알려고 해도 알 수 없는 예측 불가능성이 바로 낚시의 매력이듯, 사람들은 마치 인생이 그런 것처럼 그런 희망에 가득차서 또다시 고도를 기다린다.

비가 그치고 별들이 총총히 떠오르던 강가에서 고도를 기다리며 희망을 저버리지 않는 사람들의 이야기를 들었을 때, 쏟아져 내리는 눈물과 슬픔을 나눈다는 것, 함께 울어준다는 것도 고도를 기다리는 사람과 사람 사이를 이어주는 단단한 끈이고 서로의 믿음이 분명했다.

아아, 이제야 알겠으니 인생이란 별것이냐. 인생이란 아들과 딸이 자라서 부모가 되어 다시 아들과 딸을 낳으며, 그 아들과 딸은 또 자라서 부모가 되어 다시 아들과 딸을 낳으리니, 그저 그렇고 그런 것이 우리의 삶이다. 그러면서도 날이면 날마다 꿈과 희망이라는 고도는 만들어지고 기다려지고 이어지고 있는 것이다.(2020)

고도는
지평선 너머에 있습니다.
내가 두 걸음 다가가면,
그만큼 멀어집니다.
열 걸음 내디디면 지평선은
더 멀리 달아납니다.

이런 고도가
무슨 소용이 있을까요?
아닙니다. 다시 생각하면
고도는 우리를 걷게 합니다.

– 에두아르도 갈레아노 –

네 눈물은 네 손등으로

친구의 연락을 받았다. 긴급히 시간을 좀 내주라는 부탁이었다. 거의 모든 면에 완벽한 친구가 무슨 일일까 궁금함보다 걱정이 앞섰다. 시간에 맞추어 약속 장소로 나갔다. 만나고 보니 친구는 수척한 얼굴이었고 근심이 가득했다. 이야기를 들어보니 아이들 문제였다. 세칭(世稱) '자식 농사'에 있어 우리 지역에서 가장 성공한 친구가 아닌가.

친구는 두 아들을 두었는데 둘 다 최우등생으로 중등학교를 마치고 우리나라 최고의 대학 유명 학과에 합격했다. 큰 아들은 작년에 대학을 졸업하고 취업 준비를 하다 갑자기 진로를 바꿔 로스쿨 진학을 위해 동분서주하고 있다고 했다. 하지만 아들의 갑작스러운 진로 변경을 친구는 받아들이지 못하고 초조해했다. 게다가 작은아들은 관절염으로 휴학을 하고 집에 있다고 했다. 승승장구하던 그들이 어려움에 직면했다면서 조언을 구했다.

나는 애들의 결정을 존중해 주고 가능한 개입하지 말라고 위로했다. 부모가 자식에게 집착하면 할수록 가정에 걱정만 가득하게 된다고 했다. 대신 끊임없이 자식을 위해 기도하라고 충고했다.

친구와 헤어지고 몇 주가 흘렀을 때, 문자 한 통이 왔다. 받은 수필집 일독했다며 공감하고 배우는 부분이 많아 감사하다면서 또 한편으로는 막막하다고 알려왔다. 왜냐하면 지난번에 만났을 때 아이들을 위해서는 '기도밖에 없다.'는 말이 귓전을 맴도는데 어떻게 기도해야 할지 마음이 무겁기 때문이라고 했다.

나는 답했다. 친구의 마음은 이미 많은 것을 해결하고 있으며 산적한 문제에 흐트러지지 않고 걸어가는 것이 바로 기도라고 했다. 당장은 힘이 들더라도 궁극적으로 큰 도약의 과정임을 강조했고 얼마나 잘 큰 아이들이냐고 반문했다.

지난 10월 문재인 대통령이 프랑스를 방문했을 때 엘리제궁에서 국빈 만찬이 열렸다. 그날 밤 우리 국민의 자부심을 갖게 한 사건이 있었다. 마크롱이 젊은 한국인을 문 대통령에게 소개했다.

그는 세드리크 오(36·한국명 오영택)로 마크롱의 최측근 경제 보좌관이었다. 마크롱이 몇 달 전 발표한 인공지능 최강국 정책도 그의 작품이었다. 이어 마크롱은 젊은 여성 한 명을 또 불렀다. 그녀는 하원의원 델핀 오(33·한국명 오수련)였다. 프랑스−이란 의원 친선협회장이며 미국 오바마 재단에서 뽑은 유럽의 차세대 지도자 10명 속에 든 세드리크 오의 여동생이었다.

그들의 아버지 오영석(70)씨는 서울에서 대학을 졸업한 뒤 국방과학연구소의 연구원이 되었다. 한국 정부는 미국에서 미사일 기술을 주지 않자 프랑스에 공을 들이기로 했고 우리 연구원 6명에게 불어를 배우게 했다. 불어를 배울 당시 만났던 프랑스 여강사와 결혼해 두 남매를 낳았다.

기자는 물었다. "특별한 자녀 교육 방법에 대해?" "우리는 TV를 사지 않았습니다. 저는 아이에게 날마다 책을 읽어줬습니다. 그러다가 아이에게 '이 페이지는 내가 읽고 저 페이지는 네가 읽어 볼래' 합니다. 책을 읽다 보면 아이는 재미를 느껴 '다음부터 아빠는 읽지 마. 내가 다 읽을 거야.'합니다. 쉬는 날에는 빠지지 않고 아이와 함께 도서관에 갔어요."

기자는 요즘 세대는 활자보다 영상에 익숙해 손바닥 안의 스마트폰으로 바깥 지식과 경험을 습득하는데 견해를 물었다. "읽는 것과 보는 것의 차이가 있습니다. 책은 자기 주체적으로 생각하게 만듭니다. 언어 구사력과 생각 능력을 높여줍니다. 인생에서 독서 경험은 망루의 높이와 같다. 망루가 높을수록 멀리 볼 수 있고 대비할 수 있다고 말했지요."

계속되는 질문은 자녀가 정치 쪽으로 갔는데 이도 선생의 가정 교육에 영향을 받은 겁니까? "아이들 스스로 선택한 겁니다. 제가 결정해야 한다는 뜻은 아이를 책임진다는 것입니다. 저 자신도 불완전한 인간인데 어떻게 아이 인생을 결정합니까."

자녀가 인생 진로 문제를 상의해 오지 않았습니까? "인생을 살다 보면 여러 방향으로 문이 있는데 나가야 할 문은 네 손으로 열어야 한다는 말을 해줬습니다. 어떤 문을 여느냐에 따라 인생이 바뀌지요. 남이 열어주는 문은 딱 하나 있습니다. 그것은 관 뚜껑입니다. 아이에게 '네 눈물은 네 손등'으로 닦아야 한다, 라고 말했습니다. 어떤 좌절을 겪었을 때 스스로 해결해야 한다는 뜻이지요." 항시 노심초사하며 자식들의 밝은 미래를 위해 염원하는 우리에게 여러 가지를 시사한 인터뷰였다.

언젠가 가을 들판에 나가 벼 이삭이 유난히 많이 달린 것을 보았다. 처음에 풍년이라고 기뻐했다. 즉시 생각이 바뀌었다. 논에 벼를 촘촘히 심어 거름을 많이 주면 금세 자라지만 추수할 때 보면 쭉정이가 많고 알곡이 적다. 또한, 논이 말라 갈라져도 크게 걱정할 필요가 없다. 가을이 되면 갈라진 곳이 바람으로 메워진다. 벼가 물을 너무 많이 먹으면 이들이들해서 보기는 좋아도 흐물흐물 물러진다. 수분을 적당히 뺏어줘야 벼가 야물어진다.

그렇다. 어려움 없이 자기 원하는 데로 성취한 아이들은 세상에 아주 좋게는 보이지만 긴 인생의 길에서 취약할 수 있다. 반면에 어려움을 극복하면서 성장한 아이는 조금 더디고 늦어 보이지만 어떠한 경우에 부딪히더라도 세상을 이길 힘을 비축하는 것이다. 부모는 묵묵히 자식을 믿고 자녀 스스로가 자기 일을 앞가림할 수 있도록 지켜보아야 한다. 그리고 끊임없이 기도해 주어야 한다. '기도의 힘'이 자녀의 삶을 지배하고 이끌어 나갈 수 있도록.

시한부 죽음을 앞둔 어느 분이 자식들에게 남긴 몇 마디가 의미심장하다. "너희들이 나를 기억할 수 있을 만큼 조금만 더 살 수 있다면 좋겠다. 하지만 그러지 못할 것이니 한마디만 남기련다. 네 인생에서 너 자신에 관해 설명해야 할 순간이 있을 때, '어떻게 살았고, 무엇을 했으며, 세상에 어떤 의미였는지' 말해 줄 수 있는 사람이 되어다오." (2019)

어찌할 수 없는 영역

설 연휴가 끝나고 다시 일상으로 돌아왔다. 명절 후 마지막 연례 행사인 아내의 불호령도 큰 대가 없이 그럭저럭 잘 치렀다. 다행히도 올해는 아내의 목소리가 높지도 않고 길지도 않아 한층 마음이 편했다. 그러나 떠난 아들딸의 뒷모습이 눈에 밟혔다. 자식도 내 품에 있을 때 자식이지 머리가 크고 굵어지면 먼저 저 자신만을 생각하니 가슴 한구석에 섭섭함이 쌓였다.

어느 어르신의 이야기가 기억에 지워지지 않는다. 아들 부부와 대학생 손자들과 식사를 하고 나면 계산은 반드시 여든 살 아버지가 하신다고 한다. 심지어 생신이나 어버이날도 예외가 아니다. 자녀들이 주위 시선이 따갑다고 그만두시라고 말씀드려도 아버님은 이렇게 말씀하신다. "나 아직 자식들 밥 사 줄 능력 있다. 나중에 더 나이 들면 그때 사 주라." "바쁜 세상에 시간 내주어서 고맙고 밥 한 그릇 뚝딱 비울만큼 건강해서 좋다." 이번에는 자녀들이 "맛있게 잘 먹었습니다."라고 답하자 그 말을 듣는 게 '삶의 낙'이라고 한다.

돈을 내는 것이 노인의 '낙'이라고 하니 왠지 상큼하지 않다. 처음엔 자녀들에게 끊임없이 베푸는 것이 '부모의 낙이다.'라고 이해했다. 곱씹으니 이번에는 다르게 여겨진다. 무엇이든지 자식의 삶에 부모가 한 부분이 되고 싶은 마음일 것이다. 부모는 자식이 다 성장해도 언제나 함께 하기를 원하지만 현실이 허락하지 않을 때가 다반사다.

이번 명절을 보내면서 자녀들과 대화 속에 직접적으로나 간접적으로 내가 관여할 여지가 거의 없었다. 이순(耳順)을 갓 지난 이 나이에도 이러한데 앞으로는 자식과의 관계에서 거의 어찌할 수 없는 영역이 대부분일 것 같다. 위에 언급한 어르신이 식사비라도 내면서 자식과 합류하고 싶은 심정을 조금은 이해할 수 있었다. 자신의 돈으로 처음부터 끝까지 그들을 키우고 돌보았던 시절을 그리워했는지도 모른다.

오래전 강진 백련사 근처 어느 도예가 부부 집을 방문했다. 대화 중 도자기 굽는 공정에 관한 이야기가 흥미로웠다. 정성스럽게 도자기 틀 위에 소재 흙을 실어 돌려가며 다듬어내고 그 위로 유약을 바르고 굽는 일련의 과정을 차분하게 설명하자 우리 일행 중 한 명이 묻는다. 이렇게 만든 작품의 가격대가 어떻게 되는지요?

가격을 알려주는 건 예술가에겐 어쩌면 민망한 일인지 그는 약간 머뭇거리다가 답한다. 어떤 도자기는 5만 원짜리로 나오고, 어떤 것은 200만 원짜리로 나오는 등 똑같은 재료와 그림을 그려 구웠는데 40배의 가치 차이가 생긴다는 것이다. 이렇게 큰 차이가 있는 작품의 성패를 결정하는 것이 무엇인지 궁금했다.

그때 도예가가 답한다. 흙을 고르고 곱게 빚어내고 그림 치고 유약 발라 굽기 전까지 도공들은 매번 최선을 다합니다. 하지만 아무리 정성을 다한다고 하더라도 어떤 것은 그저 그런 도자기로 어떤 것은 빛깔조차 신비로운 것으로 나온다고 했다.

도공은 도자기를 빚는 과정에서는 똑같이 정성을 다하지만, 도자기의 가치를 최종적으로 결정하는 것은 불이라 했다. 가마 속 불에 운명처럼 맡길 수밖에 없고, 그 불은 인력의 통제 밖이라고 한다. 아무리 좋은 땔감을 쓰고 풀무질을 정성스럽게 해도 가마 안에서 타오르는 불길의 고르기와 세기는 사람의 힘으로는 '어찌할 수 없는 영역'이라고 한다.

예술가는 자기가 할 수 있는 부분과 어찌할 수 없는 가마 속 불의 세계가 명확히 분리됨을 잘 알고 있다. 그러므로 작품 하나하나를 만드는 모든 이력에는 어떤 신비한 영역에 대한 외경심의 흔적이 새겨지는 것이다. 현대 과학기술로 가마의 불을 통제할 수 없다고 하니 신묘한 영역은 인간의 통제 밖이다.

사람 빚는다는 자식 교육도 마찬가지다. 성정과 지식을 쌓고 건강한 몸을 기르는 데까지는 부모 영역이겠지만, 자녀가 앞으로 인생살이에서 어떤 불꽃을 만나 어떻게 구워지고 그슬리며 다듬어져 멋진 작품으로 빚어질지는 부모의 영역이 아니다. 그저 최선을 다하여 빚어나가되 겸손한 마음으로 가마의 불을 기다리는 것이 바로 자식 사랑이다. 자꾸 불까지도 통제하려 하고 어떻게든 자기가 원하는 빛깔을 덧대 자식 하나 보란 듯이 성공시키려고 온갖 노력을 다하는 과잉 의욕이 안타까울 따름이다.

부모는 자식에게 유약을 바른 후 세상이라는 가마에 내보낸다. 그 후 아이들이 불길을 견디며 잘 빚어지기를 기원한다. 그것이 부모나 도예가가 마지막으로 최선을 다할 수 있는 일이다. 그 영역의 신비함을 외경심으로 인정하고 수긍해야 한다. 그런데 왜 나는 충분히 성장하여 자립한 자식의 일에 관여하려고 하는지 나 자신도 모르겠다. 도예공의 마음보다는 언제나 식사비를 내는 할아버지의 마음일까.

식사비를 내는 일이 '삶의 낙'이라고 하시는 어르신이나 도자기를 굽는 도예가나 똑같이 자식의 삶에 부모가 어찌할 수 없는 영역이 존재한다. 이 어찌할 수 없는 부분을 인정하지 않으려고 하므로 부모는 서운해 하고 분노하며 밤잠을 설친다. 도자기를 굽는 일과 마찬가지로 자식을 키워 세상에 내보내는 일 하나도 명쾌한 것도 없고 우리의 뜻대로 되는 것이 하나도 없다.

어찌할 수 없는 영역이 존재함을 빨리 인정하고 끊임없이 좋은 도자기를 위한 도공의 마음이 되자. (2019)

내가 되고 싶은 나

3대째 의사 집안을 만들려는 헬리콥터 맘 이야기가 나오는 '스카이 캐슬'이란 TV 드라마가 장안의 큰 화제였다. 드라마뿐만 아니라 현실에도 자녀 교육에 극성스러운 어머니들의 이야기가 많다. 그중 어머니가 그렇게 원했던 의사의 길을 버리고 수도자의 길을 택한 서명원(66) 신부의 이야기가 가슴에 와 닿는다.

어머니는 의사의 딸이었고 의사인 남편과 결혼했다. 그는 5남매 중 셋째다. 어머니는 아이들이 태어나기 전부터 딸은 변호사 아들은 의사라고 계획을 모두 세워놓았다.

어머니의 기대에 따라 캐나다 몬트리올에서 학교를 졸업하고 프랑스 의대에 입학했다. 하지만 수학이나 생물학보다 철학과 문학을 더 좋아했다. 집 주위에 있던 너구리와 고라니 그리고 들풀도 결국 죽는 존재임을 알고 삶의 의미가 뭔지 항상 궁금했다. 모든 생명체가 이렇게 죽는다면 자신의 존재 이유는 또한 무엇인지 머릿속에 늘 물음으로 가득했다. 방학 때 해부 아르바이트는 그 물음들을 해결해 나갈 실마리가 되었다. 그는 5년간 무려 시신 359구를 해부했다.

　시신 중에는 꼬마들도 있고 젊은 사람도 있고 태어나자마자 죽은 아기도 있고 자살한 사람도 있었다. 그들을 보며 인간의 죽음을 생각했다. 해부실에서 그는 자신의 죽음을 미리 만난 셈이다. 의대 5년 차였을 때, 수도원에서 8일간 피정을 했다. 명상할수록 마음의 소리가 뚜렷해졌다. 6일, 7일, 8일째 시간이 흐를수록 더 깊이 느꼈다. '독신생활이나 수도생활을 해야겠다.'

　부모님의 반대는 상상을 초월했다. '거짓말쟁이' '위선자' '배신자' '인생의 낙오자'라고 했고, 심지어 '그동안 투자한 돈을 다 날려버렸다.'라고 말했다. 그때 그는 '내가 되고 싶은 나'를 택하기 위해 의대를 자퇴하고 예수회 수도원으로 들어갔다.

　수도원 생활은 어떠냐고 질문했을 때 그는 "내가 있어야 할 자리에 제대로 심어졌다는 느낌이다. 지금껏 살면서 수도자의 길이 힘들 때도 많았다. 지금도 여전히 쉽지 않다. 하지만 '이 길이 맞을까?'하는 의심은 단 한 번도 없다. 의대에 다닐 때는 늘 그런 의심 속에서 살았다."라고 고백했다.

　만약 그때 '부모님이 바라는 나'를 택했다면 어떻게 되었을까. 그의 남동생은 어머니가 바라던 대로 명문 의대에 합격했었다. 그러나 동생은 합격 점수를 확인한 날 저녁에 청산가리를 먹고 자살했다. 또 다른 남동생도 의사다. 그는 어머니가 돌아가시자마자 50세 때 의사생활을 그만두고, '이제는 내가 하고 싶은 걸 하면서 살겠다.' 하며 다른 길을 걸었다.

　서 신부의 이야기를 읽고 나는 어떤 삶을 살았는지 자문해 봤다. 나도 서 신부의 어머니처럼 만만치 않았다. 아들이 철들기 시작할 때 '공부! 공부!'하며 꽤 닦달했다. 내색은 안 했지만 마음속에 아들의 직업은 의사였다. 등치가 황소 같은 아들은 나의 팔을 잡으며 공부가 싫다고 저항했다. 싸우는 모습을 지켜보던 아내는 오죽하면 이런 말을 했을까. "저 놈이 머슴을 하든 빌어먹든 내버려 두세요. 자기 인생 자기가 사는 것이어요."

결국 아들은 의대를 진학하지 못하고 공대로 진학했다. 1년을 다니고 군 복무를 마치고 복학했을 때, 본인의 적성은 문과(文科)인데 의사되기를 바라는 아버지의 뜻에 따라 이과(理科)로 진로를 바꾼 것에 대한 원망이 컸다. 나는 의대를 보내지 못한 것도 통곡할 노릇인데 공과 대학 공부도 못하겠다니 하늘이 무너지고 땅이 꺼진 듯하였다.

다행히도 아들은 복수전공으로 법학을 추가 이수하고 자신의 길을 찾아 나섰다. 세월이 흘러 아들은 자신이 원했던 법조인의 길을 걸으며 '내가 되고 싶은 나'의 인생을 살고 있다. 한 번은 집에 와서 '스카이 캐슬' 드라마 스토리가 학창 시절 자신의 스토리처럼 비쳐 펑펑 울었다고 하소연했다. 내가 자식에게 지은 죄를 어떻게 감당해야 할는지. 미안하고 또 미안하고 한없이 미안했다.

자식의 문제는 차치(且置)하고라도 나 자신은 얼마나 '내가 되고 싶은 나'의 인생을 살고 있는지 자문(自問)하고 싶다. 내가 이 세상에 왜 존재하는지 뚜렷한 답을 내릴 수는 없다. 아무 설명도 동의도 없이 세상에 던져진 나이기에 단순히 먹고 자고 그러다 언젠가 죽어야 하는 갑갑한 인생을 설명해 줄 더 큰 무언가가 필요했다. 비단 나만의 숙제가 아닐 것이며 지구라는 땅에 발을 딛고 사는 모든 사람들의 과제일 것이다.

여러 가지 마음이 교차한다. 이제 후회하며 되돌릴 수 있는 시간 대는 아니다. 하지만 남은 삶이라도 나의 '내면의 소리'를 찾아 '내가 되고 싶은 나'로 살고 싶다. 프랑스 작가 앙드레 지드는 '삶에서 하고자 하는 바를 다 하고 세상을 떠나는 사람은 지극히 드물다. 나는 나의 일생에서 하고자 하는 바를 다 했다.'라고 말했다. 무슨 뜻일까. 내면의 소리를 따라갈 때 우리는 본질적으로 나 자신답게 살 수 있다는 뜻이다. 죽을 때 여한이 없으려면 지금 당장 어떻게 살아야 할까를 고민하고 '내가 되고 싶은 나'를 위해 몸부림쳐야 한다. (2019)

최고의 아버지

바다가 보이는 창가에서 어떤 이가 자신에게 스스로 질문을 던졌다. '무엇 때문에 삶이 유의미하다는 것이냐?' 오랫동안 머뭇거리다 답을 던졌다. 그는 '삶이 의미가 있는 것은 죽음이 있기 때문'이라고 답했다. 그리고 죽음에 대한 성찰이야말로 삶을 풍요롭게 할 것이라고 믿었다.

'잘 사는 삶(well-being)'은 '품위 있는 죽음(well-dying)'을 필연적으로 내포하고 있다. 죽음은 매 순간 우리의 삶 속에 깊이 녹아 있기 때문이다. 하지만 사람들은 이 사실을 망각하고 서투르게 삶을 보낸다. 삶과 죽음은 서로를 비출 때 비로소 같이 빛난다는 사실을 잊은 것이다. 세상을 떠난 조지 부시 전 대통령은 삶과 죽음의 완전한 승리를 보여주고 가르치고 있다.

장례식이 워싱턴 DC 국립대성당에서 엄수됐다. '아버지 대통령'에 대한 추모사를 읽던 '아들 대통령'은 "당신은 아들과 딸에게 최고의 아버지였다."며 울먹였다. 대통령으로서, 한 가정의 가장으로서 고인이 세상에 남긴 업적과 추억을 때론 웃음으로 때론 슬픔을 담아 고스란히 전달했다.

아들은 아버지가 두 번이나 죽을 뻔한 이후 위축되지 않고 오히려 삶을 더 적극적으로 개척해 나갔다고 했다. "아버지가 10대 때 포도상 구균 감염으로 죽을 뻔했고, 18세 때는 2차 대전에서 뇌격기를 몰다가 태평양에 격추돼서 기도하며 4시간 동안 표류한 적도 있다. 신은 그 기도에 응답했는데 신이 아버지에 대해 다른 계획을 하고 있었던 것으로 밝혀졌다." 아버지 부시가 미국의 41대 대통령이 될 운명 때문에 두 번이나 죽을 고비를 넘겼다는 뜻이었다. 아버지는 이후 삶을 소중한 선물이라고 여겼고 하루하루를 결코 허투루 보내선 안 된다는 것을 가르쳤다고 했다.

부시는 공직에 봉사하는 것이 고귀하다는 것을 아버지에게서 배웠다고 고백했다. "아버지는 다른 사람을 위해 봉사하는 것이 베푸는 이의 영혼을 풍요롭게 만들어 준다고 믿었다." 그러면서 "우리에게 아버지는 1,000개의 빛 중에서 가장 빛나는 존재"라고 했다. 1000개의 불빛은 아버지 부시가 1988년 공화당 대선 후보 지명 수락 연설에서 미국 내 수많은 민간 봉사단체를 지칭하며 미국을 더 나은 곳으로 만드는 불빛이라는 뜻이다.

이 날 장례식은 그의 인생이 그랬듯 슬픈 이외에도 기쁨과 유머, 엄숙함, 욕망과 일화가 함께 어우러졌다. 부시는 "아버지는 우리에겐 완벽했지만 완벽한 존재는 아니었다. 아버지는 골프의 쇼트 게임과 춤 실력은 형편없었다."는 말로 추모객들 사이에 웃음이 터져 나오게 했다.

아들은 아버지가 말년까지 젊게 살았다고 했다. 아버지 부시는 85세에 '충실(fidelity)'이라는 쾌속정을 타고 대서양을 누볐고, 90세에는 낙하산 점프를 했다. 아흔이 넘어서도 친구가 병실에 몰래 숨겨 온 보드카를 홀짝거렸다고 한다. 부시는 추모사를 마치고 내려오다 마치 고인의 어깨를 다독이듯 아버지의 관을 두 번 두드리고 자리에 앉았다.

그를 기억하는 추모객 중 앨런 심프슨 전 상원의원은 그의 묘비명은 충성심(loyalty)의 'L' 한 글자면 된다고 말했다. 부시 자서전을 쓴 역사학자 존 미첨은 "그의 인생 규범은 '진실을 말하고 남 탓을 하지 말라. 굳건하게 최선을 다하고 용서하라, 끝까지 완주하라.'였다."며 그것이야말로 가장 미국적인 신념이라고 했다. 러셀 레빈슨 주니어 목사는 천국이 조금 더 친절하고 상냥해졌을 것이라며, "대통령, 당신의 미션은 완료됐습니다. 시계 양호한 영원의 안식처에서 편히 쉬세요."라고 말했다. '시계 양호'는 비행 중 안정적인 기상 상태를 뜻하는 조종사 용어로 부시가 2차 대전에 참전할 당시 가장 갈망했던 말임을 상기시켰다.

인생을 살아가는 데 겪은 고난과 난관은 어떤 사람을 완전히 파괴해버리기도 하지만 어떤 사람에게는 한계를 뛰어넘어 저 멀리 달려가게 한다. 마크 트웨인의 말 '인생은 너무 짧아서 다투고, 언짢아하고, 책임 추궁하고 그럴 시간이 없다. 오로지 사랑할 시간 귀중한 순간들 밖에 없더라.'는 말이 생각난다. 한 사람의 삶의 지식과 경험이 시공간을 뛰어넘어 거듭 전해지고 다른 이의 앞날을 비추고 감동을 전한다는 건 보람되는 일이다.

자식을 낳아 키우는 아버지로서 언젠가 나의 죽음 앞에 설 내 자식들의 모습이 눈에 스친다. 과연 아들 대통령처럼 그들의 기억에 내가 얼마나 '최고의 아버지'에 근접하는지 걱정스럽다. 좋았던 아버지였고, 그리운 아버지로 그들의 기억에 오르내릴지 아니면 자신의 주변에 살았던 한 사람으로 서서히 잊힐지는 모르겠다.

'최고의 아버지'를 생각하며 가족과 세상에 잘 살다 가는 것이 무엇인가, 그 물음이 떠나지 않는다. 하지만 한 가지 우리는 우리의 가족에게 최선을 다했고, 나의 젊음과 열정을 그들에게 쏟았다는 사실, 그 진실만은 진실이며 변함이 없다. (2019)

우공이산(愚公移山)

중국의 사자성어에 우공이산(愚公移山)이란 말이 있다. 이 사자성어는 '열자(列子)' 탕문편(湯問篇)에 나오는 말인데, 어리석은 우공(愚公)이라는 사람이 결국 큰 산을 옮긴다는 내용으로 무모하고 어리석어 보여도 포기하지 않고 계속 노력하면 언젠가 목적을 달성할 수 있다는 뜻이다. 아리스토텔레스학파도 우공이산에 해당되는 사람들이었다. 이 학파의 공부 비결은 느리게 걷지만 끊임없이 노력하는 끈기였다. 그들은 걸어 다니며 배우고 가르쳤기 때문에 소요학파(逍遙學派)라고 불려졌다.

구두닦이 소년가장이 작가가 된 이야기가 있다. 새벽 4시 경비실에서 컴퓨터 자판을 두드리며 두 번째 저서를 준비하고 있다. 지난 10여 년 동안 새벽 시간을 허투루 보내지 않고 꾸준히 글을 써왔다. 그는 가난을 당연한 것으로 여기는 베이비붐 세대이며 중학교도 다니지 못했다. 어머니는 가출했고 병에 걸린 아버지를 대신해 가장 노릇을 했다.

구두닦이나 공사판 막노동 등 도둑질 빼놓고 안 해본 일이 없었지만 항시 살림에 쪼들렸다. 결혼 후 두 아이가 태어났을 때도 교육비가 문제였다. 고민 끝에 도서관을 아이들과 함께 풀 방구리에 쥐 드나들듯 했고 장르를 가리지 않고 닥치는 대로 책을 읽었다. 그럴 즈음 어떤 책에서 이런 구절을 읽고 충격과 전율을 느꼈다. '책을 보면 독자지만 책을 내면 작가가 된다.'

경비원으로 근무하면서 여름엔 불볕더위와 모기에 시달리고, 겨울엔 추위와 졸음이 협공했지만 뚜렷한 목표 앞에 그것들은 지엽적인 것에 불과했다. 남들은 학교에서 배웠다지만 필자는 사회생활에서 배운 것이 지천이어서 글감 역시 무궁무진했다. 그런 열정으로 4년 전 첫 저서를 출간했다. 이제 퇴직을 앞두고 책 저술과 성공학 강사 준비까지 할 일이 많아졌다. 그가 가장 좋아하는 말은 우공이산(愚公移山)이라고 한다.

일본 여행을 하다가 우연히 아식스 신발을 발견하고 반한 나이키 신발의 창업자 필 나이트의 철학도 우공이산(愚公移山)이었다. 그는 미국 판매권을 얻어 집 차고에서 사업을 시작했다. 하지만 수입한 신발을 받아주는 스포츠용품점은 없었다. 그는 육상 대회장을 찾아 전국을 돌아 다녔다. 창업 후 수년간 월급 한 푼 못 가져갔으나 좌절하지도 포기하지도 않았다.

역경과 고난의 세월을 거쳐 자체 상표 나이키를 내놓았다. 결국 끊임없는 노력으로 나이키를 세계 최고 스포츠용품으로 키웠다. 나이키 신발에 붙여진 'Just do it(그냥 한번 해봐)' 라는 스우시 마크의 의미는 "겁쟁이들은 시작조차 하지 않았고, 약한 자들은 도중하차한다."라는 뜻이다.

일본 재계 경영의 신 마쓰시타 고노스케의 예도 있다. 그는 자신의 가난과 허약함 못 배운 것을 하늘로부터 받은 세 가지 은혜라고 했다. 그는 가난했기 때문에 꾸준히 일했고, 허약해서 평생 건강을 돌보아 90세가 넘도록 살았으며 못 배운 탓에 항상 끊임없이 배우려고 노력했다고 한다. 즉, 자신의 결핍에서 오는 절망감을 느끼는 동시에 그 해결을 위해 지속적으로 노력했다. 그는 우공이산의 훌륭한 증인이었다.

나의 이야기도 우공이산에 근접할까 생각해 본다. 나는 수십 년 고등학교에서 영어를 가르쳤다. 미국, 캐나다, 뉴질랜드, 호주 등 해외 영어연수도 적극 참여했다. 하지만 영어의 4기능(읽기, 듣기, 말하기, 쓰기)에 대한 나의 목표를 달성할 수는 없었다. 원서를 우리글처럼 읽고 싶었고 우리의 문학을 영어로 번역하여 세상에 선보이고 싶었다. 더불어 외국인과 의사 표현을 자유자재로 하고 싶었지만 역부족이었다.

좌절과 무력감을 느끼며 너무 화가 나서 5년 이상을 영어소설만 읽으며 세월을 보냈다. 그때가 50대 중반이었다. 60대에 이르러선 내가 사는 지역에서 가장 원서를 많이 읽는 사람이라고 스스로 자부했다. 그래도 영어만 생각하면 마음이 편치 않았다.

그런데 우연히 우리말로 글을 쓰기 시작했다. 거의 초자여서 저서를 몇 권 발간한 작가 선생님에게 교정을 부탁했다. 그분 첫 말씀이 "어디 갔다가 이제 왔소."였다. 그렇다. 내가 글쓰기에 소질이 있다는 칭찬이었다. 힘을 얻어 계속 글을 썼고 짧은 시간에 수필집까지 발간하였다.

"왜 내가 글을 잘 쓴다는 말을 들었을까?" 하며 의구심을 갖고 자신을 돌아보았다. 그 답은 평생을 공부했던 영어학습의 결과물이라고 여겨졌다. 영어는 정복하지 못했지만 영어에 대한 열정과 노력이 작가의 삶으로 인도해 주었다. 이도 우공이산이라고 미소를 지어 본다.

생각은 행동을 낳고 행동은 습관을 낳고 습관은 성격을 낳으며 성격은 한 사람의 운명을 낳는다. 생각을 바꾸어 우리의 운명을 바꾸는 이 긴 삶의 여정에 가장 필요한 지혜는 '우공이산'이라는 네 글자가 아닌지 모르겠다. 신이 세상에 우리를 보낼 때 거울 하나를 던져 산산조각 낸다고 한다. 우리는 일생 동안 그 깨져 흩어진 거울 조각을 모으고 삶이 끝날 때 쯤 완성된 거울에 자신을 비추어 보게 된다. 보다 뚜렷하게 자신을 보기 위해 매일매일 우리의 조각들을 모으는 작업을 꾸준히 실행하자.

김수영 시인의 시 '거미'에서 나오는 한 마디가 의미심장하다. '내가 으스러지게 설움에 몸을 태우는 것은 내가 바라는 것이 있기 때문이다.' (2019)

사랑의 간격

　할아버지와 손자가 초원에서 말을 돌보았다. 하루는 할아버지가 먼 길을 떠나면서 손자에게 말을 부탁했다. 손자는 뛸 듯이 기뻤다. 말을 사랑하고 또 말이 자신을 잘 따랐기 때문이다. 그런데 밤 사이에 말이 병이 났다. 괴로워하는 말에게 손자가 해 줄 수 있는 일은 시원한 물을 먹이는 일밖에 없었다. 지극정성에도 불구하고 말은 더 심하게 앓았다. 할아버지가 돌아왔을 때 말의 상태는 절망적이었다.

　할아버지는 손자를 보면서 "말이 아플 때 찬물을 먹이는 것이 치명적인 줄 몰랐단 말이냐?" 하고 나무랐다. 손자는 "몰랐어요. 하지만 제가 얼마나 말을 사랑하는지 아시잖아요."라고 대답했다. 그러자 할아버지는 "얘야, 누군가를 더 많이 사랑하기 위해서는 사랑하는 방법을 알아야 가능하단다." 하며 충고했다.

　이렇게 사람들은 사랑한다고 말하면서 방법이 서툴러 애태우는 일이 흔하다. 자녀 사랑의 경우만 보더라도 애오라지 사랑하려고 헌신하지만, 아이들이 그렇게 느끼지 않을 때가 많다. 부모들은 자녀 사랑에서 많이 해주는 일이 '잘 사랑하는 일'이라고 착각한다.

아들을 키울 때 '글로벌'이라는 단어가 화두가 되었다. 이에 부응하여 국제화 시대에 걸맞은 아들을 키우고 싶었다. 초등학교 겨울 방학이 시작되자 아들을 데리고 캐나다 여행을 했다. 중학생 때는 미국을 여행했다. 각각 여행 기간은 한 달이었다. 오로지 자식 잘 키우고 싶은 나의 이기적인 욕심뿐이었다.

그리고 여행하는 곳에서 가장 먼저 대학 캠퍼스를 찾았다. 오타와 대학이나 캘거리 대학 등 여기저기 유명 대학을 데리고 다닐 때 바깥 날씨는 영하 30도, 40도를 오르내렸다. 초등학생 아들은 전혀 학교에 관심이 없었다. 추위를 피할 따뜻한 곳과 먹고 마실 과자나 음료만을 찾았다. 나는 아랑곳하지 않고 강의실, 도서관, 커뮤니티 센터 등을 데리고 다니며 아들이 꿈을 키우기를 원했다. 한번은 아들에게 "너도 크면 이런 유명 대학에 와서 공부해야 한다."라고 넌지시 말을 걸어보았다. 순간 아들의 반응에 가슴이 철렁거렸다. "아빠! 내가 가장 싫어하는 것이 공부여요. 나는 안 와요!"

미국을 방문할 때는 2월임에도 불구하고 지구 온난화로 봄처럼 따뜻했다. 이번에는 UCLA 대학을 방문했다. 캠퍼스 분위기는 학생들이 새 학기를 준비하는 등 활기가 넘쳤다. 세계 10권 대학에 걸맞게 학생들의 면면에는 지성과 자신감이 넘쳐흘렀다. 캐나다에서처럼 아들에게 나중에 이런 곳에 와서 공부해야 한다고 말하고 싶었다. 하지만 가슴이 또 철렁거리면 어떨까 하고 입을 다물었다. 오직 마음 한구석에 아들의 미래를 걱정하는 한없는 애태움 뿐이었다.

여하튼 아낌없는 투자가 자식을 사랑하는 일이고, 잘 키우는 것으로 알았다. 여행에서 돌아오니 주위 사람들이 부러운 눈치였다. 한 친구는 아들에게 "너의 아버지보다 부자인 아버지는 세상에 수 없이 많다. 그러나 한 달 이상 시간을 내서 함께 여행하는 아버지는 없다."라며 나를 치켜세웠다.

시간이 지나 아들이 고등학교 2학년 겨울 방학을 맞이했다. 대학 입시를 준비하는 가장 중요한 시기였다. 열심히 공부하기를 기대했다. 아들은 도서관보다는 해외여행을 원했다. 많은 경비는 고사하고라도 촌음을 아껴서야 할 시간이라는 것을 강조했지만 막무가내였다. 자식 이기는 부모 없다고 아들은 자기 고집대로 비행기를 탔다. 나는 분노했고 지나간 시절을 되돌아보았다. 사랑한다는 선부른 행적이 적절한 사랑의 간격을 유지하지 못하여 자식의 이탈에 불을 붙인 것 같았다.

흔히 부모들의 바람이 자녀들의 꿈이나 원하는 삶의 방식과는 다른 경우가 많다. 그러다 보니 자녀들은 이를 지나친 간섭이나 강요로 받아들여 부모와 자식 간에 다툼이 잦아진다. 그래서 부모는 자식을 사랑하는 법을 잘 모른다고 자책하며 살아간다. 그러면 어떻게 사랑해야 잘 사랑하는 것일까.

쇼펜하우어의 '고슴도치 이야기'가 있다. 추운 날 고슴도치들이 덜덜 떨다가 친구의 체온이 그리워 서로 다가간다. 몸이 맞닿는 순간 서로의 가시 때문에 기겁하고 떨어진다. 그래서 고슴도치들은 몇 차례 반복해 가며 찔리지 않는 가장 가까운 간격을 찾아낼 수밖에 없었다. 고슴도치가 이렇게 '사랑의 간격'을 찾는 일이 사랑하는 법을 배우는 일이다.

사람도 마찬가지다. 혼자는 살 수 없다. 서로 사랑을 필요로 하고 갈구한다. 그렇다고 무작정 서로에게 다가서면 영락없이 고슴도치 신세가 되고 만다. 피를 흘리며 떨어져 서로를 원망하게 된다. 사람을 인간(人間)이라고 부른 이유도 사람들 사이에서 무작정이 아니라 적당한 온기로 간격을 두어야 한다는 의미이다.

음악을 가만히 들어보자. 좋은 음악은 음과 음이 서로 알맞은 간격으로 적절한 질서를 유지하고 만난다. 때로는 가깝게 때로는 멀게 그렇게 간격을 두고 흐르면서 균형과 하모니를 이룬다. 우리가 사는 세상도 음악처럼 사람과 사람의 간격이 적정해야 한다. 균형과 하모니, 이것이 우리가 만들어나가야 할 좋은 간격이다.

어느 분이 살고 사랑하면서 얼마나 간격을 유지해야 하는지 묻는다. 순간 멈추게 하며 쉽게 답을 하지 못했다. 진정한 사랑을 위해서 역지사지(易地思之)의 자세가 필요하고 지극히 현명한 '사랑의 간격'을 유지하도록 더더욱 깊이 성찰해야 한다. (2018)

돈으로 살 수 없는 스펙

한국의 고등학생은 대학에 진학하기 위해 3년 동안 학생부 종합 전형(수시)을 위한 스펙을 준비한다. 때로는 없는 스펙을 만들려고 안간힘을 쓰기도 한다. 이에 대해 학부모와 선생님도 적극적으로 지원한다. 요즘 그 정도가 너무 지나쳐 교육의 본질을 황폐화시키고 사회적 문제가 되고 있다.

올 초 미국 뉴욕타임스는 명문대 입학이 확정된 고3 학생들의 대입 에세이 중 '돈과 노동'에 관련된 최우수 글 다섯 편을 뽑아 소개했다. 실존적이고 철학적인 질문인 '일한다는 것, 돈을 번다는 것은 무엇인가?' 또는 '빈부 격차는 왜 일어나며 어떻게 받아들여야 하는가?'에 대해 노동과 학업을 병행한 다섯 학생의 명쾌한 통찰이 우리의 교육을 돌아보게 한다.

배관공 아버지를 도우며 인생의 법칙을 깨달은 켈리 쉴 라이즈(17·위스콘신주립대 합격)양은 남자용 중고 청바지를 입고 기름때를 묻혀가며 하수관을 납땜했다. 저택의 화장실에서 곰팡이가 핀 배수관을 들어내다 석면 가루를 마시기도 했다. 그는 "이건 끈기와 품위를 요하는 일이며 우리는 배관이라는 소우주에 혼돈을 일으켰다가 다시 질서를 창조한다."라고 말했다. 그리고 "인생은 오물을 받아들이고 그걸 청소하는 일련의 과정임을 배웠다고 한다. 세상은 자기 손을 기꺼이 더럽히는 이들이 만드는 것"이라고 썼다.

멕시코 이민가정 출신 마크 가르시아(18·웨스트 LA 칼리지 합격)군은 14세 때부터 식당에서 설거지했다. 수백 장 접시를 닦고 자정에 집으로 가는 버스에 타서야 교과서를 편다. 파티에 다녀오는 또래들의 시선에 전혀 신경 쓰지 않았다. "집안엔 엄격한 노동 윤리가 면면히 이어져 왔다." 라고 말하며 '아메리칸 드림'을 놓지 않겠다고 했다. 그는 "종일 남의 집 일을 하고 온 엄마가 날 기다리다 지쳐 잠드셨다. 오늘 받은 팁을 엄마 주머니에 꽂아 주었다." 라며 담담히 적었다.

어린이집 갈 형편이 안 돼 도서관에서 지낸 애스트리드 리덴(18·컬럼비아대 합격)양은 시골 도서관에서 사서 아르바이트를 하는데 사실 태어날 때부터 도서관에서 살았다. 홀어머니가 어린 딸을 맡길 데가 없어 딸을 도서관에 두고 일하러 갔다. 읽고, 반납하고, 다시 읽고의 연속이었다. 그는 "도서관이 내게 세상으로 가는 길을 열어줬듯, 나도 언젠가 다른 이를 위한 도서관을 열어주고 싶다."라고 했다.

휴양지에서 청소하는 앤디 패트리 킨(17·레들 랜즈대 합격)군은 새벽부터 쓰레기통 수백 개를 비우며 음식쓰레기 국물에 젖고 들끓는 모기에 물리기도 일쑤였다. 트럭을 몰고 도로를 달리는 건 나를 자유롭게 해 준 최고의 경험이라면서 쓰레기차를 보여주는 유튜브 채널을 만들었다. 그는 "가난한 이들의 거주지와 백인 부자들이 잠시 놀다 간 곳의 쓰레기는 확연히 달랐다."라며 "쓰레기통은 누군가의 삶을, 사회를 보여주는 렌즈와 같았다."라고 썼다.

극빈층 가정서 자란 빅토리아 오즈월드(18·하버드대 합격)양은 가족들의 병시중을 포함한 가사노동 경험을 '낡고 더러운 갈색 식탁' 이야기로 풀어나갔다. 언니들이 하나둘 식탁을 떠나가고 할머니도 세상을 뜨자 아버지와 단 둘이 힘들게 생계를 꾸렸다. TV 케이블, 전화, 인터넷을 끊었고 물도 아껴 썼다. 슈퍼볼 경기는 30년 된 라디오로 들었다. 과학 영재인 그는 최고 명문 하버드에 지원하면서 "앞으로 어떤 삶이 펼쳐지든 모든 건 이 갈색 식탁에서 시작했다고 감사할 것"이라고 했다.

자신의 이야기를 솔직하게 글로 쓴다는 것은 어떤 수단으로도 얻을 수 없는 자기만의 세계를 구축하는 일이다. 그 세계는 누구와 닮거나 비슷할 수 있어도 같을 수는 없다. 한번 자신을 되돌아보고 믿어보는 것, 오롯이 자신의 내면과 마주하고 경험의 시간을 기술함은 이 세상 어떤 것과도 바꿀 수 없는 귀중한 보고이다. 이는 누군가의 칭찬과 평가의 영역을 넘어선 것이고 오로지 부딪치는 세상을 극복하고 소통하는 진정성의 장이다.

'인생의 성공 방정식은 어렵고 힘든 실패와 작은 성공의 각인을 통해 큰 성공을 성취하는 내면 프로그램의 재설계다.'라는 말이 있다. 작은 성공과 실패를 틈틈이 경험하며 묘미를 느끼면서 새로운 용기와 자신감을 얻게 되고 그러한 경험은 큰 성공에 도전하는 디딤돌이 된다. 힐링이나 위안은 달콤하지만 유효기간은 몇 시간에 불과하고, 그들이 해결해 주는 현실적인 문제를 해결해 주지는 못한다.

자기 스스로 자신만의 세계를 만들면서 고민하고 노력할 때 삶은 달라진다. 인생의 롤러코스터에 올라타 당면한 문제를 헤쳐 나가야 새로운 일을 개척할 수 있다. 결론적으로 우리의 삶에 차이를 만드는 것은 작은 용기이고 돈으로 살 수 없는 우리의 지나간 경험의 축적이다. 젊어서 하는 고생은 장래 발전을 위하여 중요한 경험이 되므로 달게 받아야 한다며 '초년고생'을 자주 강조하시던 선친의 말씀이 머리에 떠오른다.

우리 속담에 '초년고생, 양식지고 다니며 한다.'라는 말이 새삼 가슴에 와 닿는다. (2019)

나잇값

어린 시절 내가 살던 동네에 인자한 아저씨가 계셨다. 아저씨는 우리 아이들을 볼 때마다 활짝 웃는 얼굴로 힘내라며 머리를 쓰다듬어주곤 했다. 그런데 아저씨는 종종 술주정을 하시며 동네 앞마당에서 고래고래 소리를 질러댔다. 그럴 때마다 주위 어른들은 이구동성으로 아저씨를 가리키며 "아이고, 언제 나잇값을 할까?" 하며 혀를 찼다. '나잇값'이란 무엇인가. 결코 좋은 말이 아닌 것 같다. 폄훼의 반향, 우리에게 언제나 미소를 짓던 아저씨의 인자한 눈빛이 지워지지 않아 혼란스러웠다.

초등학교 시절 어머니는 외출하실 때마다 동생을 잘 돌보고 숙제를 마치라고 이르셨다. 처음 한두 시간은 내 말을 귀담아 듣고 잘 따르던 동생은 시간이 흐르자 역정을 내고 형인 나를 이기려 들었다. 너무 화가 나서 주먹질을 하다 순간 잘못하여 대형 거울을 깨뜨렸다. 깜짝 놀랐다. 부모님이 돌아오셔 한마디 하셨다. "나잇값을 해야지, 중학교에 갈 애가 아직 그 모양이냐?"

어린 시절부터 숱하게 들어온 '나잇값'은 무슨 의미일까. 사람이 나이가 들면 숫자가 보태지는 것이고, 값은 숫자가 보태지는 만큼 깊어지는 무엇이 있다는 말이다. 이처럼 보태지는 깊이를 어린아이들에겐 성숙이라고 하고, 중장년에겐 원숙함이라고 일컫는다. 나이가 들어가면서 지식과 경험을 바탕으로 경륜을 말하고 싶어 하는데, 이것이 충족될 때 '나잇값을 한다.'라고 하고 그렇지 못할 때 '나잇값을 못한다.'라고 한다.

정신의학자 이시형(86) 박사는 최근 『어른답게 삽시다.』라는 에세이집을 발간했다. 제목을 듣는 순간 '나잇값'이 떠올랐다. 그는 늙어서 자식에게 효(孝)를 기대하면 얻는 건 자칫 서러움뿐이라며 정신적 자립을 권했다. 또 나이가 들면 몸이 예전 같지 않아 등산을 해도 꼭대기까지 못 올라가는 건 당연하므로, 당연하다는 것을 받아들이는 게 '나잇값'이라고 덧붙였다.

이 박사는 나이가 들어 갑자기 위축되고 열등감에 빠져 우울증을 겪는 사람을 많이 본다며, 이는 삶의 중심이 자신이라는 사실을 잊었기 때문이라고 지적한다. 즉, 나잇값의 핵심은 다른 사람이 나를 어떻게 보는지가 아니라 내가 자신의 가치와 존재감을 결정할 수 있어야 한다, 라는 것이다. 그것이 지금까지 살아온 나의 삶과 자신에 대한 예의라고 하며, 거기에서 '나잇값'을 찾을 수 있다고 했다.

흔히 우리는 나이 든다는 것을 자각하지 못하는 경우가 많다. 노인이 되면 신체 능력과 기억력이 감퇴하여 자신에게 답답해하기 쉽다. 노화를 받아들이되 정신적으로 젊게 살기 위한 노력이 필요하다. 마음은 세월을 비켜가기 때문이다.

그렇다면 '나잇값'을 하는 가장 좋은 방법은 무엇일까?

첫째, 죽는 순간까지 은퇴하지 않고 현역으로 뛰는 것이다. 일을 해야 정신적으로나 육체적으로 건강하기 때문이다. 은퇴를 시작으로 우울증이 찾아온다. 사회가 날 필요로 하지 않는다는 생각이 정체성을 무너트린다. 일에서 느끼는 희로애락은 감정에 진폭을 만들어 살아 있음을 느끼게 한다.

둘째, 나이가 들면서 찾아오는 쓸쓸함을 자연스럽게 받아들여야 한다. 이를 위해선 고독을 즐길 줄 아는 힘 정신적 자립이 필요하다. 노인 우울증 뒤에는 자립의 실패가 있다. 평생 가족과 사회를 위해 밖으로만 눈을 돌리고 살았으니 이젠 자신에게 집중하며 자신이 무엇을 원하는지 귀 기울일 수 있어야 한다. 어떤 일을 할지는 자신의 몫이다. '가벼운 설렘'을 느끼면 좋다. 자전기(自傳記) 쓰기 등 지적 쾌감은 건강의 비결이다.

셋째, '웰 다잉(well dying)'을 바로 '웰 리빙(well living)'으로 정의해야 한다. 열심히 살아야 자신 있게 죽을 수 있다. 자신 있는 죽음, 후회 없는 죽음을 위해 젊을 때부터 준비해야 한다. 하루 종일 온 힘을 다해 일하고 숙소로 돌아와 잠자듯 세상과 이별할 수 있다면 그것이 최고로 명예로운 죽음이 될 것이다. 미련 없이 충실하게 사는 것이야말로 비로소 '나잇값' 하는 것이 아닐까 생각한다.

나이 들수록 나잇값 제대로 하기가 고민이다. 그러나 나이가 들면 나잇값을 해야 한다. 나잇값을 한다는 것은 제 몫의 일을 한다는 것이다. 제 몫을 못 하는 사람을 두고 나이를 헛먹었다고 한다. 나잇값 못하는 사람의 무기는 나이다. 나이만 앞세운다. 말끝에 "너 몇 살 먹었느냐?"라고 묻는 사람치고 나잇값 제대로 하는 사람 못 봤다. "나잇값 좀 해라?"는 웬만한 사람에게는 최악의 욕설이다. 상소리 하나 없지만 대개 치명적으로 받아들인다.

'나잇값'을 들먹이다보니 참 세월이 빠름을 실감한다. 마음은 한창인데 삶의 여정은 반환점을 훨씬 지난 것 같다. 그간 사람 때문에 웃고, 사람 때문에 울고 사람을 좋아하고, 사람을 미워하고 사람을 배신하고, 사람을 용서하고 사람을 그리워하고, 때론 사람을 잊으려 애쓰고 내가 걷는 길목마다 '사람'이 있었다. 이렇게 부딪치는 사람들 한 가운데서 서로에게 상처를 주고받은 일을 헤아려 보노라니 그간 '나잇값'을 했는지 걱정이 앞선다.

살다보면 나한테 해(害)가 되는 일을 하는 이도 있고, 좋은 일을 하는 분도 있다. 해를 끼치는 이는 그만한 사정이 있겠지 하며 덮어버리고 용서하라는 것이 나이 먹음이 가르치는 '나잇값'이 아닌지 모르겠다. 이제 사람을 대할 때마다 당신과 함께하는 시간이 행복했다고 말할 수 있도록 다가온 인연을 소중히 여기는 '나잇값'의 원숙함을 보이고 싶다. (2019)

풍경소리

월간지 '풍경소리' 창간 이십 년 기념 모임이 순천시 해룡면에 위치한 '사랑어린 배움터'에서 연 이틀 열렸다. 잡지에 대해 아는 바도 없고 관계자들과 전혀 교류도 없지만, 이수호 선생님이 오신다는 연락을 받고 멀리서 오시는 귀한 손님 영접한다는 소박한 마음으로 시간을 할애했다.

안내를 받고 들어선 배움터 도서관 행사장 하단에는 '우리 생각이 우리 세상을 만든다.' 라는 글귀가 적혀 있었다. 정면 벽에는 '사람이 사랑이다. 노소년(老少年) 이수호의 오늘을 살아가는 방식' 이라는 선생님 초청 홍보물이 검은 먹물로 하얀 창호지에 쓰여 붙어 있었다. 전체적인 느낌은 한마디로 사람 냄새가 흥건한 분위기였다.

사회자의 진행에 따라 선생님의 자작시 '그것이 사랑인 줄 모르고'가 선생님을 모시는 환영시로 낭송되었다.

어젯밤 어둠 속에 그렇게 비바람 치고
천둥 벼락에 우박까지 쏟아진 계곡

나무들 죽비 맞듯 흔들려
수도 없이 잎이 떨리고도

아침 가을은 맑아 햇살 눈부시다
계곡은 흔들린다
저렇게 깊은 사랑을 숨기고
깊이깊이 흐른다

어느 날 내를 지나며 긴 그리움이 된다
자기가 강인지도 모르고
붉게 물든 산을 싣고 노을을 싣고
갈대 울음을 싣고 흘러간다

그것이 사랑인 줄도 모르고
눈물이 나도록 아름답게

　이어 선생님의 인사말과 질의응답이 시작되었다. 생존을 위해 살다가 생활인이 되었고, 이제 고희(古稀)에 이르니 양질의 삶을 준비한다며 삶의 질을 이야기하셨다. 현재가 가장 정신적으로나 육체적으로 안정되고 편안하시다고 말씀하셔서 선생님을 존경하고 걱정하던 사람들을 안도하게 해 주셨다. 어쩔 수 없이 살고 있는 서울 생활을 잠깐 언급하시면서 '사랑어린 배움터'의 좋은 환경을 감탄하고 부러워하셨다.
　우리의 삶이란? 우리 기억에서만 존재하는 오랜 옛날 '오래된 미래'를 현실에서 찾고 만들어가는 새로운 미래의 추구라고 하셨다. 무거운 것을 적절히 내려놓고 오늘의 소소하고 가벼운 삶을 잇고 싶은 마음이 당신의 전부라고 말하셨다. 관옥 이현주 목사님과의 관계를 이야기하면서 자주 인사드리지 못하지만, 멀리 떨어져 있어도 생각과 믿음으로 함께 길을 걷는다고 하셨다. 그러면서도 관옥선생은 자신과 비교할 수 없는 큰 스승이라고 겸손한 마음을 보이셨다.

선생님의 호 '물범'은 신일고등학교 재직 당시 제자들이 만들어주었고, 학생들이 '물범 선생'이라고 부를 때 격의 없었고 기분 좋았다고 말씀하셨다. 자신은 '운다, 운다, 운다.'하면 그냥 눈물을 흘리는 아이처럼 약하고 우유부단한 성격이라고 자신을 낮추었다. 하지만 아버지가 지어주신 이름 가운데 글자 빼어날 수(秀)의 의미를 잊지 않았다고 했다. 군대 생활을 하면서 자신의 이름에 대한 책임을 져야 한다고 생각하셨고 항시 '나는 나를 어떻게 이 세상에서 펼쳐나가 내 몫을 할 수 있을 것인가?'를 명심하며 자기를 챙기고 추슬렀다고 하셨다.

중간에 전 참석자는 노래 '민들레처럼'을 합창했다. 그리고 이야기는 계속 이어졌다. 언제나 소년의 마음을 간직하신 노소년(老少年), 요즘 당신의 가슴을 뛰게 하는 일이 무엇인가에 대한 질문에, 우리의 삶의 방편이 무엇인가 되 물으시며 차분히 조목조목 자신의 생각을 피력하셨다.

요즈음 우리는 사이버 즉 가상세계에서 살고 있다. 세상은 오프라인에서 사이버 온라인으로 전환되었다. 이러한 패러다임이 전환사회에서 자기 자신을 지키는 일이 중요하다고 하셨다. 즉, 자기가 자신을 찾고 만드는 주체적인 내 자신을 만들어야 한다고 강조하셨다.

행복에 대해 주위의 사람이 행복해야 자신이 편해진다고 했다. 특히 가족, 그리고 가족 중에서도 아내가 행복해야 내가 편할 수 있다고 하셨다. 아내와 최상의 관계를 유지할 수 있도록 아내를 즐겁게 하는 일이라고 말씀하실 때, 사회자는 "노소년(老少年) 열정은 아내의 치맛자락에 있다."라고 하여 웃음을 자아냈다. 선생님은 '이웃을 사랑하라.'는 성경의 말씀도 궁극적으로는 내 자신을 사랑하는 일임을 역설했다.

인간관계에 있어 '자기를 낮추면 상대방은 그냥 올라간다.'라고 하시면서 모든 상대를 높이기는 힘든 일이지만 자신을 낮추는 일은 그다지 어렵지 않다고 하셨다. 철없는 소년도 부모나 선생님을 기쁘게 하기 위해 노력한다며 사랑하는 이웃을 즐겁게 하도록 노력하자고 강조했다. 나이가 들고 아는 것이 늘어나면 말이 많아지고 과신이 생겨 부끄러울 때가 많다고 고백하시면서 얼굴이 붉어졌다. 나의 사랑 나의 희망을 노래한 '축배의 노래'를 합창하며 선생님의 순수한 열정은 아내의 기쁨임을 피력할 때 참석한 모든 이들의 가슴이 무르익었다.

우연히 발견한 60년 전 중학교 시절 설문 조사지에서 '가장 존경하는 인물은 누구인가?'라는 질문에 선생님은 '나를 제외한 모든 사람'이라고 답하셨다고 말하셨다. 이 답의 의미는 세상 모든 이를 존경해야 한다는 뜻으로 여겨졌다. 교육에 대해 학교라는 공간에서 교사 또는 선생님이란 길잡이가 있어 교육적 삶이 영위된다고 했다. 교육적 삶은 서로 배우고 변화하고 성숙해 가는 과정이며 한

분 한 분이 나의 스승이라며 "여러분이 모두 스승입니다. 당신이 있어 내가 있습니다." 라는 말씀을 하셨다.

지리산 자락에서 이번 모임에 참여하신 어느 한 분의 의미심장한 고백이 있었다. 매달 받아 보는 '풍경소리'가 자신의 생을 이끄는 지침이라며 특히 선생님의 시를 좋아한다고 감사를 드렸다. 선생님의 시는 길지만 정감이 있고 세상에서 치열하게 살아오신 모습이 그려진다고 했다. 아내와 자주 싸우지만 풍경소리에서 아내를 사랑하는 선생님의 시를 읽고 아내의 수고를 덜어주기 위해 작업복만큼은 반드시 자신이 직접 손빨래 한다고 하시며, '봄날은 간다.'라는 가요를 3절까지 구성지게 불러 관중의 감흥을 불러일으켰다.

우리가 고뇌하고 사랑했던 교육현장에서 헌신과 희생으로 자신을 불태웠던, 아니 한 시대를 처절하게 투쟁하고 살아오셨던 그분을 잠시라도 얼굴을 대하고 생생한 음성을 들으며 이제 조금은 편안히 나이 들어가시는 모습을 뵈오니 기쁨과 평화가 가득하여 집으로 돌아오는 발걸음이 가벼웠다. (2019)

제 4 부

온몸으로 사랑을

50년 종지기

정원의 나뭇잎은 연갈색 가을빛으로 물들어 간다. 높고 깊어진 청명한 하늘과 함께 연하고 산뜻한 가을빛은 서럽도록 아름답다. 그저 습관적으로 다니던 조례호수공원 주변에도 어느새 가을이 만연하다. 벌써 가을이네, 하며 문득 걸음을 멈추고 풍경을 바라본다. 무더웠던 지난 여름에는 영영 올 것 같지 않던 가을이 아니었던가. 그 여름이 바로 얼마 전이었는데 가을은 어느덧 이리도 곱고 맑은 모습으로 성큼 다가와 있는지 아직 가을을 느낄 여유가 있다는 안도감에도 빠르게 지나가는 세월을 생각하니 마음이 쓸쓸해진다.

참 세월이란 유수처럼 흐른다. 젊을 때는 화살처럼 빠르게 흐르고 장년이 되니 세월은 번개처럼 흐른다. 그래서 톨스토이는 "전력을 다해 시간에 대항하라!"고 했는지 모르겠다. 이런 세월 속에서 소중했던 많은 것이 변하며 우리의 기억 속에서 잊히고 있다. 그중 어린 시절에 들었던 새벽 종소리가 그리워진다.

어느 날 종소리를 듣고 잠에서 깼을 때 어머니는 기도를 마치시고 부엌으로 향하셨다. 당신은 오늘 하루도 가족의 안녕과 평화를 위해 기도하셨을 것이다. 청년 시절에 다니던 조곡동 성당의 앞뜰에 유독 높은 종탑이 있었다. 새벽과 정오 그리고 저녁 미사 시간을 알리는 종소리가 울려 퍼졌다. 최근에 성당 종소리가 여전히 울리는지 궁금하여 알아보았다. 지금은 장례미사 후 운구차가 장지로 떠날 때 울리고, 지난 3.1절 기념미사 후 정오에 1분간 타종했다고 한다.

아동문학가 권정생(1937-2007)은 15년간 여름엔 새벽 네 시, 겨울엔 새벽 다섯 시가 되면 어김없이 예배당 종을 쳤다. 한겨울에도 장갑을 마다하고 맨손으로 줄을 당겼다고 한다. 왜 그는 추운 겨울에 장갑을 끼지 않고 맨손으로 종을 쳤을까.

안동 교회의 종탑에 그의 마음이 이렇게 새겨져 있다. '새벽 종소리는 가난하고 소외받고 아픈 이가 듣고, 벌레며 길가에 구르는 돌멩이가 듣는데, 어떻게 따뜻한 손으로 칠 수 있어.' 먹이를 찾는 배고픈 생쥐가 방에 들어오면 함께 식사했다는 권정생의 삶이 가슴을 뭉클하게 하는데, 대전 대성동 성당 '50년 종지기' 조정형 할아버지의 이야기도 마음 밑자락을 파고든다.

할아버지는 "뚜, 뚜, 뚜우~." 라디오에서 정오 시보(時報)가 울리면 줄에 매달려 온몸의 체중을 실은 뒤 힘껏 당긴다. 그의 몸짓에 따라 작은 종 중간 종이 차례로 세 번씩 울린다. 이어 큰 종이 스무 번 울리고 나면 그는 다시 줄에 매달린다. 이번엔 종을 멈추기 위해서다. 종을 치는 시간은 단 1분 그러나 그는 20분 전부터 준비한다. 120계단을 올라 11시 50분쯤 종탑에 도착해선 라디오부터 켠다. 12시 정각이 되기엔 아직 10분 가까이 남아 있는 시간 그는 줄을 잡고 기도를 올린다.

　그는 50년 동안 종을 책임진 '종지기'다. 평일은 정오와 오후 7시 주일인 일요일엔 오전 10시, 정오, 오후 7시에 종을 울린다. 1969년 어머니 친구의 소개로 종지기가 되었다. 종지기의 삶은 개인 생활을 포기하는 것이었다. 매일 같은 시간에 종을 치기 때문에 1박 2일 여행은커녕 웬만한 저녁 자리도 참석하지 못했다. 성당 구내 사택에서 생활하는 그는 50년을 한결 같이 시계추처럼 살았다.

　그가 10년 전쯤 해외로 성지순례를 떠난 적이 있었다. 대신 쳐줄 테니 걱정하지 말고 다녀오라고 하는 주변의 강권이 있었다. 순례를 다녀오니 "종소리가 달라졌다."며 성당에 민원이 들어와 있었다. 근처에 사는 한 외국인은 "종소리를 들으며 향수(鄕愁)를 달랬는데 소리가 달라졌다."라며 서운해 했다고 한다. 그에게 물었다. "지난 50년 동안 무엇이 가장 좋았어요?" 그는 좋은 것도 나쁜 것도 없다고 회고했다. 매일매일 종 치고 청소하고 내 할 일을 했을 뿐이라고 미소 지었다.

　50년 종지기의 삶을 살았던 사람으로부터 과연 우리는 무엇을 배울 수 있을까. 종지기, 문지기, 등대지기, 30년 지기 등 '지기'라는 어미를 갖는 이들의 공통점은 뭐여야 할까. 한결같음, 꾸준함, 변함없음을 암시하는 말이어야 하지 않을까. 그런 의미에서 그는 삶의 기적을 이룬 사람이라고 생각된다.

　'지기'를 이야기하니 나 역시 긴 세월을 지키고 있는 것이 있어 어떤 이름을 붙여 볼까 망설여진다. '학교지기'라고 하면 어떨까. 학교에 학생으로 거의 20년을 보냈고, 40년은 교사로 봉직했다. 학교는 나의 인생의 전체라고 해도 과언이 아니다. 게으르고 진득하지 못한 나에게 학교는 나의 자아를 실현하는 운동장이었고 나를 지켜주는 든든한 성벽이었다. 아무것도 이루려 하지 않는 마음이야말로 무엇이든 이룰 수 있는 진리임을 깨닫게 한 곳이었다. 많은 세월이 흐른 지금 학교에서 살아온 긴 발걸음에 머리 숙여 감사드린다.

기적을 믿지 않은 사람과 대단한 기적만 기다리는 사람은 기적을 맞지 못한다는 말이 있다. 비록 우리의 삶이 비록 소소할지라도 '50년 종지기'의 삶처럼 기적을 믿으며 묵묵히 열렬하게 기적을 만들어 가야 한다. 그렇지 않으면 속절없는 시간은 우리를 그저 무던히 짓밟고 지나갈 것이다.

더불어 독자들에게 "당신은 어떤 '지기'인가? 당신은 어떤 '지기'가 되고 싶은가?"를 물어보고 싶다. (2019)

세 가지 질문

어느 날 문득 어떤 왕이 이렇게 묻는다. "이 세상에서 가장 중요한 때는 언제인가? 가장 필요한 사람은 누구인가? 그리고 이 세상에서 가장 중요한 일은 무엇인가?" 이 세 가지 질문의 답을 알 수 있다면 무슨 일을 하든 성공할 수 있을 것 같았다. 그래서 답을 알려 줄 사람을 찾았다.

많은 사람들이 몰려와 자신의 생각을 말했다. 하지만 왕의 표정은 밝지 않았다. 우여곡절 끝에 왕은 지혜로운 사람을 만났다. 현자는 이 질문에 대해 이렇게 답했다. "이 세상에서 가장 중요한 때는 바로 지금이고, 가장 필요한 사람은 지금 내가 만나는 사람이고, 그리고 이 세상에서 가장 중요한 일은 바로 내 옆에 있는 사람에게 사랑과 선행을 베푸는 일이다."

이상은 톨스토이가 쓴 단편 '세 가지 질문'에 나오는 줄거리다. 행복이 가득한 삶을 찾는 소박한 사람들을 위한 따뜻한 이야기 같아 몇 번 글을 읽고 곱씹는다.

첫째로 가장 중요한 때가 '지금 이 순간'이라는 것이 무슨 말인

가. 어린 시절 동네 아이들과 놀이를 하다 다툼이 생겨 옹색한 상황이 발생하게 되면 이를 씩씩 갈며 다음에 보자고 '내일'을 기약한다. 이 순간은 현재보다는 내일이 훨씬 중요했다. 하지만 시간을 연속성의 관점에서 살핀다면 현재는 과거에서 만들어지고 또한 현재는 미래를 만든다. 그래서 과거와 미래는 우리의 의지로 어쩔 수 없는 시간대이다. 반대로 지금이라는 현재 시간은 인간이 통제하고 개입할 수 있다. 이미 지나버린 과거에 집착하지 않고 오늘의 삶에 충실하면 좋은 미래가 만들어 진다는 의미일 것 같다.

둘째로 가장 필요한 사람은 누구인가의 답은 '지금 당신 앞에 있는 바로 그 사람'이다. 그러면 왜 지금 나 앞에 있는 바로 이 사람이 가장 중요할까? 우리는 살면서 언제 어떻게든 누군가를 수 없이 만나고 헤어진다. 불가에서 말하는 인연법을 빌리지 않더라도 생명이 붙어 있는 한 사람과 접촉은 어쩔 수 없고 불가피한 일이다.

지난해 말 어느 단체 송년 모임에서 우연히 여승과 인사를 나누며 스님의 절을 물었고 한 번 찾아뵙겠다고 했다. 스님은 웃으며 "오세요!"라며, "거금도 관음사입니다."라고 답했다. 그냥 인사차 드린 말이 약속이 된 듯 마음 한 구석에 항시 짐으로 남아 있었다. 그리고 친하게 지내는 벗들에게 절에 놀러 가자고 제안했다. 결국 나를 포함해서 세 명의 벗은 절을 찾아 나섰다. 잠깐 스친 인연이 승용차로 거의 두 시간의 거리를 달려가게 했다.

스님은 우리 일행을 반갑게 맞으시고 점심 식사를 챙겨 주시는 등 최선의 성의를 보여 주셨고, 미안해하는 나의 마음을 읽으셨는지 만나는 한 사람 한 사람에게 최선을 다하신다고 하시며, 지금 당신 앞에 있는 우리 일행이 자신에게 가장 중요한 사람이라고 알리셨다.

셋째로 가장 중요한 일이 '타인에게 선행을 베푸는 일'인데, 그 의미는 무엇일까? 달라이 라마는 '종교란 무엇인가?'라는 질문에 '종교란 따뜻하고 친절한 마음'이라고 했다. 이 마음이 사랑으로, 자비로 또는 인(仁)으로 각기 다른 표현으로 말해지지만 의미는 하나다. 우리는 세상에 태어나서 죽는 그날까지 오로지 사랑과 선행으로써 그 의무를 다하지 않으면 안 된다는 것을 그리고 그것이야말로 이 세상이 지탱되는 축이기 때문이다.

지금 우리가 해야 할 으뜸가는 일은 오늘 당장 사랑하는 일이다. 오늘이 세상의 첫날인 것처럼 이웃을 사랑하고, 오늘이 세상의 마지막 날인 것처럼 아낌없이 사랑을 나누어야 한다. 순간순간의 삶에서 우리가 할 수 있는 것은 오직 지금 이 순간, 바로 앞에 있는 당신을 사랑하는 일뿐이다. 누군가의 말처럼 우린 서로에게 스며들고 번져 나가야 할 존재, 서로 손길이 닿을수록 커지는 살아 있는 존재다.

오늘도 잠에서 깨어 어떻게 하루를 의미 있게 보내야 할 건지 침대에서 뒤척인다. 정년을 앞둔 마지막 해다. 시간이 없다고 나이가 들었다고 안일함과 편안함만을 고집하지 않겠다. 내일의 부푼 기대보다는 현재에 충실하기로 다짐하며 오늘 만나는 모든 이에게 성심껏 정성을 다하겠다. 그리고 지난날을 반성하고 보속한다는 마음으로 톨스토이의 행복론을 시험해 보겠다.

생은 생각보다도 훨씬 보람 있고 나누어야 할 것이 많다는 것을 마음 깊숙이 새겨본다. 밀알이 쪼개져 열배, 백배의 밀알이 되듯이 쪼개면 쪼갤수록 나누면 나눌수록 풍성해지는 선행의 의미를 그것이 이 세상을 사는 큰 지혜가 아닐까 한다. (2020)

행복은 감사로부터

새 학기가 시작되었다. 일반인들의 시간은 하루, 한 달, 1년, 이렇게 흘러가지만, 선생님들의 시간은 1학기, 2학기 이렇게 학기별로 흘러간다. 학생들을 만나기 전 전체 직원 조회가 열렸다. 신임 선생님들이 소개되었다. 젊은 선생님들의 목소리는 청아했고 눈빛은 반짝반짝 빛났다. 의욕과 열정으로 가득했다. 나에게도 저런 시절이 있었던가? 겸연쩍고 부끄러웠다.

또한, 한편으로는 일터를 찾아 헤매는 사람들의 무거운 발걸음과 지금 내가 있는 이 자리를 얻기 위해 얼마나 많은 젊은이들이 독서실에서 땀을 흘리며 노력하고 있을까 생각하니, 얼마 남지 않은 기간이나마 최선을 다하겠다고 결심했다. 오히려 어려운 시대에 호사를 누리며 살아가는 일상에 감사함까지 느껴지게 했다. 더는 먼저 퇴직한 동료가 누리는 호젓함을 허튼 감상으로 부러워하지 않겠다.

세계적인 여성 잡지 엘르(Elle)의 편집장으로 프랑스 사교계를 풍미했던 장 도미니크 보비가 43세에 뇌졸중으로 쓰러졌다. 3주 후

의식을 회복했지만, 전신이 마비 상태여서 말을 할 수도 글을 쓸수도 없었다. 왼쪽 눈꺼풀만 움직일 수 있었다. 얼마 후 그는 눈 깜빡인 신호로 알파벳을 연결해 글을 썼다. 한 문장 쓰는데 꼬박 하룻밤을 새워야 했다. 그런 식으로 대필자에게 20만 번 이상 눈을 깜박여 15개월 만에 '잠수종과 나비(The Diving Bell and the Butterfly)'라는 책을 출간했다. 그리고 8일 후 심장마비로 세상을 떴다.

그는 책의 서문에 이렇게 썼다. "고이다 못해 흘러내리는 침을 삼킬 수만 있다면 세상에서 가장 행복한 사람일 것이다." 불평과 원망은 행복에 겨운 자의 사치스러운 신음이라고 했고, 건강의 복을 의식하지 못한 채 툴툴거리며 일어났던 많은 아침을 생각하며 죄스러움을 금할 길 없다고 고백했다. 비록 잠수종 속에 갇힌 신세이지만, 마음은 훨훨 나는 나비를 상상하며 감사를 통해 극한의 고통을 감수하며 삶을 마무리했다.

"얻어먹을 힘만 있어도 그것은 주님의 은총입니다."라며 감사의 삶을 살았던 꽃동네 창설의 원동력이 된 고 최귀동 할아버지의 이야기도 마찬가지다. 최 옹은 1909년 음성군 무극에서 부잣집 아이로 태어났다. 청년이 되어 결혼하였지만 징용되어 북해도 탄광촌으로 끌려간다. 견디기 어려운 환경 속에서 몇 번의 탈출을 시도하다 중한 병을 얻어 고향에 돌아온다.

여러 해 만에 찾은 고향 집은 이미 폐가가 되어 있었고, 아내와 가족 모두가 사라져 버렸다. 낙심한 최 옹은 병든 걸인들이 많이 모여 사는 동네 다리 밑을 찾아든다. 그곳에 참담한 모습을 보고 깡통을 들고 구걸 길에 나서 밥을 얻어다 거지들을 먹여 살린다.

1976년 무극 성당의 주임 신부로 오신 오웅진 신부를 만난다.

오 신부는 할아버지 행동에 의구심을 가져 뒤를 쫓아가게 되었고 결국 다리 밑 상황을 알게 된다. 선행이란 여유가 있고 돈이 있어야 하는 것이 아님을 알았고, 얻어먹을 나약한 힘도 주님의 축복이며 감사임을 깨달았다. 오 신부는 두 팔을 걷어붙이고 돈 전부인 1,300원으로 허름한 집을 산기슭에 짓기 시작했고, 오늘의 '꽃동네'가 시작되었다.

살신성인의 정신과 목숨이 있다는 감사의 정신으로 평생 남을 위해 헌신하시던 최 옹은 1990년 '인명은 하늘이 알아서 하는 것'이라는 말씀을 남기고 세상을 떠났다. 거지 할아버지가 고통스러운 상황에서도 감사함으로 삶을 긍정할 수 있음을 알려준 일화이다.

우리는 자주 무엇을 잃어버리기 전까지 그것이 얼마나 소중한지를 모르는 경우가 많다. 자기 몸을 뜻하는 대로 움직일 수 있다는 것만으로도 큰 축복이고 감사한 일이다.

'감사'란 말은 그것 자체로 능력을 지닌다. 감사는 마음의 분노를 다스리고, 마음의 격동을 진정시킨다. 감사는 우리의 마음과 행복을 지키는 강력한 무기다. 어떤 상황에서도 감사할 수 있는 사람은 내면의 미를 지닌 매력 있는 사람이다. 영국의 신학자 매튜 헨리는 '감사라는 보석을 지닌 사람은 누더기를 걸치고 있어도 행복하다.'라고 말했다. 우리에게 감사가 있는 한 어떤 불리한 환경도 우리에게서 행복을 빼앗을 수 없다.

흔히들 성공과 행복의 필요조건으로 긍정적인 삶의 태도를 강조한다. 이 긍정의 삶보다도 더 높은 단계의 덕목이 바로 감사이다. 감사야말로 가장 긍정적인 사고방식이고 가장 적극적인 삶의 태도다. 감사는 문제를 본질에서 해결할 수 있는 가장 효과적인 수단이다.

진정 우리가 행복하려면 감사의 비밀을 깨닫고, 감사의 능력을 체득하고, 감사의 내공을 길러야 하고, 모든 행복은 감사로 시작됨을 명심해야 한다. 오늘 하루도 감사한 마음으로! (2019)

우유 안부

    혼자 사는 할머니를 걱정하는 밤나무가 있다. 항상 할머니가 밤 사이 잘 주무셨나 궁금하고 맘이 놓이지 않아, 잘 익힌 알밤 몇 개를 마당에 내려놓는다. 날이 밝자 할머니가 지팡이를 짚고 나와 바가지에 담아 간다. "아, 아무 탈이 없으시구나." 안심한 밤나무는 다음 날에 던질 알밤을 또 열심히 준비한다. 자식보다도 먼저 할머니 안부를 챙기는 밤나무가 가상하다.

    사람도 가족·이웃·친구를 만나고 헤어질 때 "안부 전해 주세요!"라는 말을 한다. 의례적이지만 밤나무처럼 안부를 묻고 걱정할 때 우정과 사랑을 느낀다. 그럼 과연 '안부'란 무엇일까. 사전에는 안부(安否)란 어떤 사람이 편안하게 잘 지내고 있는지 그렇지 아니한지에 대한 소식 또는 인사로 그것을 전하거나 묻는 일이라고 적혀있다. 그런데 오늘은 생소한 네 글자 '우유 안부'라는 말을 발견한다.

    한 할아버지 집 문 앞에는 보라색 보랭 가방이 걸려 있다. 우유 주머니다. 가방 앞에는 이런 문구가 있다. '다른 분께서 우유를 가져가시면 어르신의 안부를 확인할 수 없습니다.' 매일 새벽 우유 배달원은 이 가방에 우유를 넣으며 할아버지의 밤새 안녕을 묻는 다. 보랭 가방이 비어 있으면 이날 하루 무탈하게 우유를 꺼내 드셨다는 뜻이다. 우유가 그대로 남아 있으면 배달원은 즉시 주민센터 등에 알리고 어르신 근황이나 상태를 확인한다.

통상 혼자 살던 사람이 가족·이웃·친구 간 왕래가 거의 없는 상태에서 사망하고 사흘 이상 방치되는 것을 '고독사(孤獨死)'라고 한다. '시신을 인수할 가족이나 지인이 없는 죽음'을 뜻하는 무연고사다. 우유 안부가 죽음까지 막을 순 없지만 죽음이 3일 이상 방치되는 고독사를 막고 있다. '우유 안부'는 '어르신의 안부를 묻는 우유 배달'이라는 뜻이다.

서울의 한 목사님이 후원을 받아 홀로 사는 노인들에게 우유를 보내면서 시작했다. 고독사가 사회문제로 크게 떠오르던 시점이었다. 지금은 '우유 안부'를 위한 사단법인까지 만들어져 홀로 사는 노인 수천 명에게 매일 180㎖ 우유 한 팩을 보내고 있다. 어르신의 영양을 챙기고, 챙겨주는 사람이 있다는 정서적 지지를 보내며 고독사를 막기 위한 일거양득이다. '영양 보충' 목적이던 우유 배달에 '고독사 방지'라는 임무가 하나 더 붙은 셈이다.

'우유 안부'에 대해 알고 보니, 그렇게 비정하게 보였던 우리 사회가 그나마 유지하고 지탱하는 이유를 알 수 있었다. 수많은 범죄가 일어나지만 범죄를 막고 상쇄하려는 사람들의 따뜻한 마음이 있다는 사실을 알았다. 누군가의 훈훈한 사랑의 시작이 주변에 따뜻한 온기를 감돌고 있다는 사실을 확인하는 순간이었다.

인간은 야누스의 얼굴을 가지고 있다는 말이 있다. 대비되는 선악으로 가득한 덩어리다. 이 모순덩어리가 두 개의 영을 갖고 태어난다. 오른편에 수호천사, 왼편에 악마. 그리고 사람은 이 지상에 태어난 이상 인생이라는 편력을 거쳐야 하는 지상의 순례자다. 그러나 천사와 악마에게는 그런 인생의 편력이 없다. 따라서 그 어떤 천사도 악마도 인간에게 결정적인 영향을 미칠 수 없다. 그 선택은 오직 인간 스스로 자유의지에 달려있다.

그러나 악마는 인간을 유혹하는 권력, 재물, 명예라는 강력한 미끼를 갖고 있다. 그래서 항시 사람을 옳지 않은 길로 유혹한다. 그에 반해 천사의 무기는 미약하다. 오직 인간의 마음속에서 살아 있는 소리로만 존재한다. 그것이 사람 속에 깃들여 있는 수호천사의 목소리, 양심의 소리다. 그리고 눈물은 천사의 묘약, 천사의 보석이다. 우리가 절망하고 있을 때 눈물을 흘릴 수 있다면 우리는 천사로부터 위로를 받고 마침내 절망에서 벗어날 수 있다.

어쩌면 '우유 안부'는 우리를 유혹하는 악마의 손길에서도 천사의 목소리가 우리의 마음에 경종을 울린 것인지도 모르겠다. 얼마나 많은 사람들이 사회의 냉대와 질시 속에서 형언할 수 없는 죽음에 이르고 있는가. 지난 해 부산에 한 주택에서 1년 전 숨진 것으로 추정되는 60대 남성이 백골 상태로 발견되었다. 1년간 아무도 이 사람을 찾지도 않았고, 방문도 하지 않았다는 뜻이다. 이런 죽음이 도처에 널려 있다. 통계에 의하면 국내 무연고 사망자는 계속 늘어나 연 3000명에 이른다고 한다.

우유 안부의 역할이 더더욱 중요해지고 있다. 어쩜 '우유 안부'는 우리 모두의 미래에 대한 걱정의 한 단편일 수도 있다. 지금 이 시각에 나의 '우유 안부'에 버금가는 안부를 누구에게 전할 것인가를 곰곰이 고심한다.

　카르멜회 성녀 테레사 수녀의 말처럼 이 세상의 삶이란 '낯선 여인숙에서의 하룻밤'에 불과하다. 타향에서의 짧은 귀양살이인 우리의 삶을 다시 돌아보며 서로의 안부(安否)를 걱정한다. (2020)

잘 산다는 것

아침에 눈을 뜬다. 하루의 계획을 마음에 가늠한다. 이러저러한 생각이 번뜩인다. 오늘도 역시 잘 살아야 한다, 라는 다짐뿐이다. 어떻게 살아야 잘 사는 삶일까.

어린 시절 어른들의 이야기를 귀동냥하면 "누가 잘 산단다." 라는 소리를 종종 하셨다. 그때 어른들께서 말하시는 '잘 산다는 것'은 가난한 시절에 부잣집과 혼사를 맺어 한 순간에 경제적으로 부유해지면 잘 산다고 했다. 이렇게 잘 산다는 말을 경제적인 풍요로 떠올리기 쉬우나 전부는 아니다. 나이가 들고 철이 드니 '잘 산다는 것'의 의미가 완전히 달라진다.

첫째로 '잘 산다는 것'은 이웃을 위해 돈을 유용하게 쓰는 일이다. 돈을 잘 쓰며 잘 사는 여자가 있다. 사람들이 부러워했다. 하루에 얼마를 쓰기에 그런 호칭을 얻었을까 궁금했다. 왜 사람들은 그 여성을 돈 잘 쓰고 세상 잘 산다고 할까. 그 여성분을 직접 만나 이야기를 나누니 깜짝 놀랐다. 대단히 평범하고 소탈했다. 고급 승용차를 소유한 것도 아니고 화려한 모습도 아니었다. 그런데 왜 사람들은 돈을 잘 쓰며 세상 잘 사는 여자라고 호칭할까. 더욱더 의아해졌다. 그녀를 잘 아는 사람에게 물었다. "왜 그녀를 돈 잘 쓰며 잘 사는 여자라고 부르지요?" 예상하지 못한 답을 얻었다.

그녀의 남편은 큰 사업체를 경영한 것도 아니고 전문직도 아니다. 박봉에 시달리는 하청업체 회사원이며 아이도 세 명이나 된다. 그런데도 불구하고 항시 자신보다 더 어려운 사람을 만나면 기꺼이 도와준다. 소년 가장이 있는 집에 정기적으로 방문하여 쌀을 채워 주기도 하고 필요한 생필품을 전달하고 집에 돌아온다. 그래서 주변 사람들은 돈 제대로 잘 쓰는 그 분을 '돈 잘 쓰는 여자'라고 불렀다.

둘째로 '잘 산다는 것'은 누구에게도 휘둘리지 않고 자기 자신에 집중할 수 있는 삶이다. 한여름 주말에 지인의 가족과 백운산 계곡을 찾았다. 무더위를 피해 너무 많은 사람들이 계곡을 가득 채웠다. 가까스로 두 가족이 발에 물을 담글 장소를 구했다. 주변 사람들이 술을 마시고 시끄럽게 했다. 나는 겸연쩍었고 계획에 집중하지 못했다.

하지만 지인의 가족은 도란도란 서로 얼굴을 맞대고 이야기를 나누더니, 아버지는 물가에 앉아 호흡을 가다듬으며 휴식을 즐겼다. 어머니는 책을 펴 읽었고, 아이들 역시 그림책과 메모지를 꺼내 무엇인가를 쓰고 그리기 시작했다. 주위에서 아무리 물을 튕기고 고성이 오가도 그 가족은 자신에게 집중하며 잘 사는 하루를 보냈다. 그리고 한나절 간식으로는 과자 몇 개와 과일 몇 조각이 전부였다. 검소하고 소소한 삶을 당연하게 여기고 여유 있음을 그대로 보여 주었다.

셋째로 '잘 산다는 것'은 처한 현실에서 올바른 세계를 만들어 가는 삶이다. 미국의 동남부 지역에 살았던 체로키 인디언족(族)에게 전해 내려오는 이야기가 있다. 하루는 인디언 할아버지가 손자에게 말을 걸었다. 인간의 마음속에는 늘 서로 싸우는 늑대가 두 마리 산다. 한 녀석은 불신, 적개심과 이기심이 가득하고 다른 녀석은 신뢰, 자비와 친절을 대표한다. 한참 이야기를 듣던 손자가 할아버지에게 물었다. "결국 둘 중 어느 늑대가 이기나요?" 할아버지는 인생의 내공이 담긴 대답을 해 주셨다. "네가 먹이를 주는 녀석이 살아남지." 인디언 추장 할아버지와 손자의 대화이다. 사람이 어떻게 살아야 잘 사는 것인가를 알려 주셨다.

우리의 마음에는 두 마리 늑대 즉, 분노·슬픔·탐욕 등으로 잘못 사는 늑대와 사랑·소망·친절 등으로 잘 사는 늑대가 있다. 바로 이거다. 삶이란 그저 주어지는 것이 아니라 자신이 생각하고 선택하여 만들어 잘 사는 인생으로 만들어 가는 것이다. 자기가 처한 현실에서 무엇을 어떻게 할 것인가를 고심하고 선택하면서 스스로가 자기의 올바른 세계를 만들어 가야 한다.

그리고 어떤 선택에 있어 하나를 결정했다면 최선을 다해야 한다. 세상에 좋은 결정인지 아닌지 미리 아는 사람은 아무도 없다. 사람이 할 수 있는 건 다만, 이미 내린 결정이 좋은 결정이 될 수 있도록 최선을 다하는 일이다.

가을이 깊어지고 하루가 한 달이 되고 한 달이 다시 한 해가 된다. 또한 그 한 해 한 해는 우리를 늙어 가게 한다. 그리고 알고 지내던 사람들이 앞서거니 뒤서거니 우리 곁을 떠난다. 우리 모두 이 세상에 한순간 잠깐 머물다 사라지는 것이다. 돈과 명예 등 갈구했던 많은 것들이 공허하며 허튼 것임을 알게 한다. 하나밖에 없는 인생을 올바르고 잘 살 수 있도록 마음을 다져가자.

'잘 사는 삶'을 '남들보다 앞서 나가는 것'으로 착각하면 안 될 일이다. 물질적으로 풍요로우면 훌륭한 인생이라고 착각해서는 더더욱 안 된다. 잘 살아야 잘 죽을 수 있다. 섬뜩한 죽음이 아니라 평화로운 죽음을 위해서라도 잘 살아야 한다. 그래서 '잘 사는 삶'이 무엇인지를 항상 명심해야 한다.

테레사 수녀의 말씀이다. '당신의 최고를 세상에 줄 수 있도록 최선을 다하라. 좋은 일을 하다보면 이기적인 다른 동기가 있다고 비난 받을 수 있다. 그래도 좋은 일을 하라(Do good anyway). 그것이 잘 사는 최적의 길이다.' (2019)

착한 닭갈비

　여성장애인연대가 주최하는 자선바자회가 열렬한 기부와 성원 그리고 적극적인 자원봉사에 힘입어 성대히 막을 내렸다. 장애인연대 회장은 감사를 다음과 같이 표현했다. "많은 분이 오셔서 정말 큰 힘이 되고 든든합니다. 인연이 되어 감사드리고 영광입니다. 앞으로 여러분의 발전과 멋진 사회참여에 제가 몸담은 여성장애인연대도 열심히 활동하여 멋진 모습 보여드리도록 노력하겠습니다. 오늘 하루도 멋진 날 되세요!" 자신을 드러내지 않고 아낌없이 감동을 주는 미담 즉 서로 협조하고 감사하는 아름다운 모습을 지켜보니 착한 선행이 무엇인가 생각이 무성해진다.

　불행하게도 나라 안팎에 큰불이 났다. 파리 노트르담 성당과 강원도에 대형 산불이다. 강원도 산불 진화에는 전국의 소방관이 참여했다. 전남 해남소방서 소방관 6명도 펌프차 두 대를 타고 출동하여 임무를 마치고 귀환했다. 그리고 며칠 후 해남소방서로 빨간색 테이프가 감긴 스티로폼 상자가 배달됐다. 손질한 닭고기와 야채, 떡 등 총 27인분의 춘천 닭갈비 재료가 들어 있었다.

상자 안에는 손 편지도 한 통 있었는데 편지 제목은 '대한민국 영웅들께'였다. 자신을 "강원도 춘천에 사는 시민"이라고 소개한 그는 "천리 길 가장 먼 곳에서 밤새 달려와 주신 소방관들께 약소하고 보잘것없는 닭갈비를 조금 보낸다."라며 자신의 마음을 밝혔다. 착한 닭갈비 집 사연이 인터넷에 오르고 나서 어떤 네티즌이 닭갈비 포장과 택배 송장을 분석해 그 닭갈비집을 공개하자 그 집에 하루 100여 통씩 주문이 쏟아지고 있다고 한다.

프랑스에는 파리 노트르담 성당 복원비로 몇몇 기업들이 거액을 기부했다. 하지만 의외로 구설수에 올라 '이미지 세탁용' '세액 공제 노림수' 같은 말을 듣고 있다. 프랑스 어느 좌파 정당은 "기부 대열이 조세 회피처로 피신 간 기업 명단처럼 보인다."라고 비꼬았다. 성당 복원 금액은 액수가 엄청나지만 해당 기업은 여론의 뭇매를 맞고 있는 셈이다.

춘천의 닭갈비집이 해남소방서로 보낸 '닭갈비 27인분'과 파리 노트르담 성당 복원 기부는 같은 선행임에도 불구하고 사람들에게 완전히 다른 반응을 불러일으키고 있다. 이 두 사건은 분명 같은 선행이라고 하더라도 사람이 느끼는 감동의 정도는 크게 다르기 때문이다. 선행(善行)의 감동은 얼마나 자기희생을 동반했는가, 얼마나 자신을 드러내려 했는가, 얼마나 꾸준히 해왔는가에 좌우된다.

고성과 춘천은 강원도 끝과 끝이고 춘천은 산불의 직접 피해 지역도 아니다. 해남 소방관이 닭갈비집 주인에게 연락했지만 그는 끝내 자기를 밝히지 않았다. 착한 닭갈비는 성당 복원비의 기부와 비교도 되지 않는 적은 액수임에도 사람의 마음을 크게 움직이기에 충분했다.

그런 반면에 프랑스 기업은 자기희생보다는 자신을 드러내려 했고 꾸준히 해 오지도 않았다. 이를 잘 알고 있는 사람들은 냉담한 반응을 보일 수밖에 없었다. 결국, 자기희생과 꾸준히 그러면서도 오른손이 한 일을 왼손이 모르게 하는 선행이 각별한 감동을 갖게 하는 것이다. 이를 통해 '우리는 무엇을 배울 수 있을까? 더 나아가 어떤 요소가 선행의 감동을 다르게 하는 것일까?'를 배울 수 있다.

자신을 드러내지 않고 아낌없이 진정한 감동을 주는 미담은 여기저기 많이 있다. 2000년부터 매년 연말 전주 노송동 주민 센터에 수천만 원씩 기부하는 '얼굴 없는 천사'도 상당한 금액을 자신을 드러내지 않으며 20년간 꾸준히 해오고 있다. 2012년부터 매년 1억 원 넘게 기부하는 '대구의 키다리 아저씨 부부'도 그런 분이다. 1990년 충남대에 전 재산 30억 원을 익명으로 기부한 '김밥 할머니'의 경우도 비슷한 사례다.

'열광하는 삶보다 한결같은 삶이 더 아름답다.'라는 말이 있다. 남을 돕는다는 것은 우산을 들어주는 것이 아니라 함께 비를 맞는 것이다. 자신을 희생할 줄 아는 사람만이 다른 사람에게 감동을 줄 수 있다. 종이 종소리를 더 멀리 내보내기 위해서는 종이 아파야 하듯이 마음 깊숙한 곳에서 솟아오르는 헌신과 희생만이 세상을 감동하게 하고 사랑의 열매를 맺게 한다.

뒤센 드 볼로뉴라는 프랑스 신경학자가 미소에는 '진짜 미소'와 '가짜 미소'가 있다고 했다. 입가를 들어 올리는 큰 광대근은 의지로 움직일 수 있지만 눈 둘레근(筋)은 달콤한 감정을 느끼는 영혼에 의해서만 움직인다고 했다. 이를 바탕으로 미국 임상심리학자 폴 에크먼은 진실한 미소를 '뒤센의 미소'라고 했고, 비행기 승무원이 짓는 것 같은 인위적 웃음을 '팬암 미소(Pan Am Smile)'라고 했다. 사람들은 서로 마주할 때 상대방이 보여주는 미소의 진위를 쉽게 구별할 수 있고 이에 따라 감동의 정도가 달라진다.

　일부러라도 자꾸 웃으면 상대방 기분도 좋아지고 행복해지겠지만, 진짜 미소가 동반된 '착한 닭갈비'와 같은 값진 선행에 사람들은 감동한다. 우리가 다른 사람의 마음이 미어지는 것을 멈출 수 있게 한다면, 우리의 삶이 결코 헛된 것은 아닐 것이다. 또한 우리가 누군가의 아픔을 달래줄 수 있고 고통을 덜어줄 수 있다면 지친 새 한 마리가 둥지로 돌아가도록 도와줄 수 있다면, 우리는 헛되이 사는 것이 아니다.

　'착한 닭갈비'의 삶 즉 감동의 삶을 살고 있는 것이다. (2019)

록펠러와 뉴욕 수돗물

이물질과 녹이 섞인 수돗물로 인천과 서울 일부 시민들이 큰 고통을 겪고 있다. 먹는 물로 인한 불편과 분노가 하늘을 찌른다. 그 심각성이 어느 정도인지 실로 짐작이 가지 않는다. 이러한 식수 문제는 서울이나 인천만의 문제가 아니다. 전국 어디에서나 언제든지 발생할 수 있어 걱정스럽다. 수돗물의 염려는 몇 년 전 뉴욕 여행을 떠오르게 한다.

텍사스에서 두 달간 연수를 마치고 약 1주일의 여유가 있었다. 우리 연수단은 대충 세 부류로 나뉘어졌다. 일부는 서둘러 귀국했고 일부는 칸쿤 등 남쪽 따뜻한 휴양도시를 찾았다. 또 다른 일부는 4시간 이상 비행기를 타고 혹한의 뉴욕을 방문했다. 나는 이번 기회에 뉴욕을 방문하지 않으면 기약할 수 없다는 생각이 들어 뉴욕을 택했다. 설원에 그려진 영화 '러브 스토리'의 무대인 뉴욕이 나의 마음을 재촉했는지도 모르겠다.

뉴욕 맨해튼에 도착했을 때 봄이 멀지 않는 2월 말임에도 불구하고 너무 추웠다. 숙소에 들어와 정신을 차리려고 물 한잔을 부탁했다. 주인은 철철 넘치는 수돗물을 마음껏 마시라고 권했다. 처음에는 주저했지만 수돗물이 맑고 깨끗해 흠뻑 목을 축였다. 뉴욕 사람은 정수기 없이 바로 수돗물을 마시는 일이 일상이라고 하였다.

더 놀란 사실은 수돗물이 공짜라는 사실이다. 나는 단 일주일만 머물렀기 때문에 수돗물 값에 무심했다. 하지만 맨해튼에서 사는 친구로부터 수돗물 값이 공짜라는 이야기를 듣고 놀랐다. 매달 가스비나 전기료는 내야 하지만 수도료는 청구하지 않는다는 것이다. "왜 안 받느냐?" "록펠러가 맨해튼의 수도요금을 미리 냈기 때문에 아마 200년은 공짜일 것이다."라고 대답했다. 냉혈한과 박애주의자라는 이미지를 동시에 가진 비즈니스맨 존 록펠러. 그의 유언에 따라 록펠러 재단은 뉴욕 주민들을 대신해 뉴욕시 전체 수도세를 부담하고 있다.

친구 이야기로는 손으로 매일 수도꼭지를 잡아 틀 때마다 록펠러가 고맙다는 생각이 든다고 한다. 난생 처음으로 부자에 대한 존경심이 생겼다고 했다. 어떻게 록펠러는 뉴욕 시민들에게 수돗물을 공짜로 제공할 생각을 하였을까? 대중에게 물을 준다는 것은 남 다른 발상이지 않은가. 아무리 생각해도 대단한 일이다.

록펠러는 1839년 뉴욕 주 가난한 가정에서 태어났다. 14살에 경리 보조원으로 출발하여 20살에 석유 유통 사업에 뛰어 들어 성공했다. 그는 석유가 전 세계를 강타할 것이라고 예상했고 적중했다. 폭발적인 석유 수요로 사업은 어마어마하게 커졌다. 석유에 관련된 사업에 진입해 경쟁사를 매수하여 합병하는 등 비정한 비즈니스 세계의 단면을 보여 주었다.

석유에 관한 한 완전 독점 공급과 유통이었다. 그러나 정부와 국민의 시선들이 차가워지기 시작했고 결국 국가는 그룹 해체를 요구했다. 록펠러는 돈에 손을 떼기 시작했다. 이때 그는 색다른 생각을 실행에 옮겼다. 밤새 고민한 것이 어떻게 돈을 쓰냐였다. 59세에 사업을 아들에게 물려주고 그는 미련 없이 자선사업에 몰두한다.

시카고 대학을 비롯한 록펠러 의약연구소와 록펠러 재단을 설립했다. 뉴욕의 유엔본부 자리도 그가 기증한 땅이다. 12개의 종합대학 12개 단과대학 4900여 개의 교회를 지어 사회에 바쳤다. 뉴욕의 링컨센터와 뉴욕 현대미술관(MOMA)도 그의 거금 쾌척이 없었다면 건립이 어려웠을 것이다. 그렇게 보낸 세월이 죽기 전까지 거의 40년이다. 돈을 버는 데 투여된 시간보다 자선사업으로 보낸 기간이 더 길었다.

말년에 그가 말한 소망은 그야말로 보잘 것 없었다. 90세가 넘자 그는 '넘어지지 않고 하루를 보내는 것이 소원'이라고 말했다. 그의 소망은 100세까지 거동하다가 넘어지지 않고 매일 골프 9홀만이라도 무사히 도는 것이 전부였다. 세계 최대의 거부의 마지막 목표도 필부의 소망과 다름없었다. 록펠러는 망백(望百)을 바라보는 98세에 조용히 자본주의 세상을 떠났다.

사람의 생명이 죽음으로 끊기는 것은 아니다. 작자 미상의 영시는 록펠러와 같은 위대한 사람들은 비록 죽었지만 그들의 혼이 우리에게 흐르고 있음을 알려준다. '나의 무덤가에 서서 울지 마세요./ 나 거기 없어요, 나 잠들지 않았어요./ 나는 천의 바람이 되어 불고 있으리라/ 나는 흰 눈 위에 반짝이는 다이아몬드/ 나는 무르익은 곡식 위에 비치는 햇빛/ 나는 부드럽게 내리는 가을날의 보슬비.'

위 시에서 나오는 '나는' 누구인가 바로 인류를 위해 봉사와 헌신을 바쳤던 의인들이고 오늘도 뉴욕 시민들에게 무료로 깨끗한 수돗물을 공급하는 록펠러다. 누군가를 돕고 사랑하고 싶을 때 후회 없이 사랑하고 도와야 한다. 그래서 록펠러처럼 한국에서 건너간 사람조차도 그를 기억하고 감사할 수 있도록. (2018)

우린 얼마나 사랑하는가!

정원의 나뭇잎은 연갈색 가을빛으로 물들어 간다. 높고 깊어진 청명한 하늘과 함께 연하고 산뜻한 가을빛은 서럽도록 아름답다. 그저 습관적으로 다니던 조례동 호수 주변에도 어느새 가을이 만연하다. 벌써 가을이네, 하며 문득 걸음을 멈추고 풍경을 바라본다. 무더웠던 지난여름에는 영영 올 것 같지 않던 가을이 아니던가. 그 여름이 바로 얼마 전이었는데 가을은 어느덧 그리도 곱고 맑은 모습으로 성큼 다가와 있다. 아직 가을을 느낄 여유가 있다는 안도감에도 빠르게 지나가는 세월을 생각하니 마음이 쓸쓸해진다.

참, 세월이란 물처럼 흐른다. 특히 젊은 세월은 유수 정도가 아니라 화살처럼 빠르게 흐른다. 장년이 되니 세월이 화살 정도가 아니라 번개처럼 흐른다. 그래서 톨스토이는 "전력을 다해 시간에 대항하라!"라고 했는지 모르겠다. 이런 세월의 무력함에서 어느 한 슬픈 죽음이 우리가 올바르게 잘 살고 있냐고 아니 '우린 얼마나 사랑하는가!'라고 물음을 던진다.

지난 7월 서울 관악구에서 40대 탈북 여성과 6세의 아들이 굶어 죽었다. 여름 광화문에서 한 탈북민 모자를 추모하는 노제와 시민 애도장이 열렸다. '북한에서 탈출했다. 그리고 서울에서 굶어 죽었다.' 라는 짧은 두 문장의 미국 CNN 방송 제목이 폐부를 찔렀다.

'뭐, 굶어 죽었어?' 생활고를 겪는 사람들이 순간적으로 잘못 판단하여 아파트나 강에서 투신하여 자살하는 자가 있기는 하지만, 식당에는 음식물 쓰레기가 넘쳐흐르는 요즈음 죽을 때까지 굶어 죽은 사람이 있다고 하니 기막힐 노릇이다. 수도 검침원이 죽은 모자를 발견했을 때 이미 물이 끊긴지 오래 되었고 집 안에 먹을 거라곤 아무 것도 없었다. 통장 잔고도 제로였다. 이미 굶어 죽은 지 두 달이 되었다고 한다.

막막한 타향에서 굶주린 배를 움켜쥐며 모자가 껴안고 죽어갈 때 얼마나 고통스럽고 무서웠을까. 창자가 오그라들 때까지 굶주린 고통을 감히 상상할 수 있겠는가? 우리 사회에 사랑이 존재하는가? 사랑이 조금이라도 살아 있는 걸까. 천주교 신앙인이 되어 그토록 가장 많이 회자되던 바로 그 한 단어 '이웃 사랑'은 어디로 갔을까.

미국 워싱턴에 화가들이 모여 사는 동네가 있었다. 그 동네 어떤 벽돌집 꼭대기 방에 두 친구가 공동 화실을 마련했다. 6월이었다. 찬바람이 부는 11월의 어느 날 느닷없이 한 친구가 폐렴으로 병석에 눕는다. 의사는 친구를 불러 아픈 친구가 살아날 가망은 10분의 1밖에 없다고 한다. 이 말을 들은 친구는 냅킨이 펄프가 되도록 울었다.

그런데 아픈 친구는 무언가를 거꾸로 세고 있었다. 열셋, 열둘, 열하나… 그러더니 여덟과 일곱을 한꺼번에 셌다. 건너편 벽에 담쟁이 잎이 앙상하게 매달려 있었다. 아픈 친구는 저 잎이 다 떨어지면 죽는다는 어이없는 생각을 하고 있었다. 아래층에 사는 노인에게 아픈 친구 이야기를 했더니 담쟁이와 생명이 무슨 관계가 있느냐고 어리석은 짓은 하지 말라고 한다.

다음날 아침이었다. 아픈 친구가 커튼을 걷어 달라기에 마음을 졸이며 커튼을 올렸다. 그런데 담쟁이가 그대로 꼭 붙어 있었다. 종일 잎은 떨어지지 않았다. 다시 이튿날 아침이 되었다. 커튼을 올렸다. 담쟁이 잎은 그대로 있었다. 아픈 친구는 그제야 자신의 잘못을 깨달았다. 오후에 의사가 왔다. 이제 영양만 잘 섭취하면 염려 없다고 말한 다음 아래층 노인이 폐렴인 것 같아 내려가 봐야겠다고 한다. 사실 노인은 찬비가 내리던 그날 밤 벽에다 담쟁이 잎을 그리다가 병을 얻은 것이다.

학창시절 읽었던 오 헨리의 단편소설 '마지막 잎새'의 이야기다. 아래층 노인과 같이 이웃에게 관심과 사랑을 갖는 의인이 2019년 서울에 있었다면 탈북민 모자가 굶어 죽었을까 하는 아쉬움이 가슴을 탄식하게 한다.

지난해 우리나라의 자살률이 5년 만에 증가세로 돌아섰다고 한다. 증가폭은 글로벌 금융위기 이후 최대다. 통계청이 발표한 2018년 자살에 의한 사망자는 13,670명으로 전년보다 1,207명 (9.7%) 증가했다. 하루 평균 스스로 목숨을 끊은 이는 37.5명이었다. 왜 우리 사회의 근간이 이렇게 흔들리는 것일까.

어느 심리학자가 말했다. '도시는 자꾸 비대해지고, 비대해지는 만큼 경쟁은 치열해지고, 경쟁은 서로를 적대시하게 되고 그 적대감은 서로를 경계하며 소통이 차단되는 개체화가 되고, 그 분열은 서로를 소외 시키다가 끝내는 자기 자신까지 소외시키기에 이른다. 그 자기 소외는 곧 정신 질환 상태에 이르는 것을 말하며 현대 도시인들이 갖는 가장 큰 비극이다. 그 치유책은 단 한 사람만이라도 하소연할 수 있고, 넋두리 할 수 있는 친구를 갖는 것이다.' 그 학자의 말마따나 그 많은 사람들 중에서 단 한 사람이라도 이웃인 탈북민 모자나 자살자를 찾아 마음을 전하고 소통했더라면 이런 비참한 일이 일어났겠는가.

매일 업데이트 되는 뉴스에 빠져 자기가 보고 싶은 것만 보고, 듣고 싶은 것만 들으려 하는 사이 여름이 가고 가을이 오듯 우리는 사랑을 잃고 불우한 이웃을 버린다. 사람이 어디에 가장 초점을 두어야하냐? '이웃 사랑'이다. 그건 세상의 모든 것을 초월한다. 사랑은 세상의 부와 명예 그리고 권력과 아무 관계가 없다. 우리가 서로 사랑할 때 사람으로서 우뚝 서 살아가는 것이다.

알베르 카뮈의 말을 인용하며 이 글을 맺는다. '우리들 생의 저녁에 이르면 우리는 이웃을 얼마나 사랑했는가를 두고 심판받을 것이다.' 카뮈는 또 이렇게 말했다. '무엇이 우리의 삶을 증언해 줄 것인가. 우리의 작품인가, 철학인가. 아니다. 오직 사랑만이 우리의 존재를 증명해 줄 뿐이다.' (2019)

크리스마스 선물

한 해를 마감하는 마지막 달이다. 마음이 살랑살랑해지고 무엇인가 빚졌던 삶을 돌아보게 한다. 초등학교 시절 아버지는 크리스마스가 되면 과자 종합세트 한 상자씩을 누나와 나에게 선물로 주셨다. 당시는 가난한 시절이었기 때문에 귀중한 선물이었다. 그래서 그런지 이 시기가 다가오면 돌아가신 아버지가 그리워진다. 어른이 되어 크리스마스가 되면 아버지처럼 자녀들에게 선물을 많이 하리라고 생각했는데 실제로 그러지 못했다. 올해는 미리 계획을 세워 크리스마스 선물을 애들에게 전달하겠노라고 다짐해 본다.

선물의 묘미를 극적으로 다룬 오 헨리의 단편 '크리스마스 선물'에는 가장 쓸모없는 선물을 준 바보 같은 부부 짐과 델라가 등장한다. 둘은 가난했지만 서로 사랑하는 마음만큼은 세상 누구보다 컸다. 돈이 없는 부부는 크리스마스를 맞아 자기가 가진 것 중에서 가장 아끼는 것을 몰래 팔아 배우자의 선물을 준비한다. 아내 델라는 자신의 긴 머리카락을 잘라서 판 돈으로 짐이 아끼는 시계에 달아줄 시곗줄을 사고, 남편 짐은 대대로 물려받은 시계를 팔아 아내의 아름다운 머리카락을 위해 예쁜 빗을 산다. 선물을 풀어 보았을 때 서로를 위해 가장 소중한 것을 준비했지만, 이제는 쓸모없는 선물을 했다는 사실을 알게 된다. 하지만 세상 무엇보다 소중한 마음을 선물한 두 사람은 눈물 어린 행복한 미소를 짓는다.

크리스마스 이브 뉴욕시 경찰 심슨은 기차에 몸을 실었다. 생을 마감하러 가는 길이었다. 장애인 알코올 중독자가 된 그에게 크리스마스와 새해는 아무 의미가 없었다. 부모님이 일찍 죽고 그에게 가족은 오직 형 하나뿐이었다. 심슨은 뉴욕시 경찰이 되었지만 검문을 받던 용의자의 권총에 맞아 불구가 됐다. 그때부터 그의 삶은 바스러졌다. 알코올 중독과 우울증에 빠졌다. 자신이 세상에 짐이 되느니 삶을 포기하는 편이 낫겠다 싶어 산 정상에 올라 목숨을 끊기로 작정하고 기차표를 샀다.

달리는 기차 안에서 옆자리 60대 아주머니가 눈 덮인 나무를 가리키며 말을 걸었다. "예쁘지 않아요?" 뉴욕에 살면서 뭐가 가장 좋으냐고 물었다. 심슨은 "며칠이든 어느 인간하고도 말 한마디 섞지 않고 살 수 있는 그 익명성이 좋다." 하며 퉁명스럽게 대꾸했다. 아주머니는 괜찮다며 받아주더니 다음 역에서 "어디를 가는지 모르지만, 나중에 읽어보라." 하며 쪽지 하나를 건네고 내렸다.

산 정상에 올라 세상과 작별 인사를 하려 했을 때 기차 안에서 아주머니가 건네준 쪽지가 삐져나왔다. 고린도전서 10장 13절이었다. '여러분에게 닥친 시련은 인간으로서 이겨내지 못할 시련이 아닙니다. 하느님은 성실하십니다. 그분께서는 여러분에게 능력 이상으로 시련을 겪게 하지 않으십니다. 그리고 시련과 함께 그것을 벗어날 길도 마련해 주십니다.' 그리고 성경 구절 아래에는 이렇게 적혀 있었다. '젊은이, 삶은 나누라고 주어진 선물이라오. 절대 희망을 잃지 마시오. 메리 크리스마스!' 몇 번이고 쪽지를 읽던 그는 산길을 내려와 술을 끊었다. 현재는 플로리다에서 참전 용사 재활봉사 활동을 하고 있다. 51세가 된 지금도 아주머니가 건네 준 쪽지를 간직하고 있다. 생명을 구한 크리스마스 선물이었다.

우리는 언제부턴가 선물에 대해 오래 고민하지 않는다. 요즘 현금이 선물로 대용된다. 어떤 통계에서 부모님이 제일 좋아하는 선물 1위가 '3금'이라고 한다. '현금·지금·입금'이란 우스갯소리다. '뭐니 뭐니 해도 머니'라지만 마음 한쪽에 약간의 씁쓸함이 느껴진다. 가장 좋아할 선물을 고르기 위해 며칠을 궁리하고 몇 시간 발품을 팔았던 그 사랑의 마음은 어디로 갔을까. 꼭 필요하거나 남몰래 원했던 걸 선물한 사람을 어떻게 사랑하지 않을 수 있을까. 선물보다 그런 사람이 곁에 있다는 감사의 마음은 또 얼마나 행복감을 주었던가.

선물이 꼭 물건만을 의미하지는 않는다. 우리는 여러 방법으로 선물을 나누고 받을 수 있다. 선물은 상대방을 기억해 주고 확인해 주는 하나의 방편이다. 따뜻한 선물은 상대를 오래도록 기억하고, 그의 배려에 감사하게 만든다. 크리스마스를 맞이하며 선물이 주는 의미를 곰곰이 새겨 본다.

첫째, 필요한 선물보다 원하는 선물을 주자. 영화 대사에서 크리스마스에 상사는 젊은 직원에게 선물을 주고 싶어 필요한 게 무엇이냐고 묻는다. 대답이 걸작이다. "필요한 것 말고 원하는 것을 선물로 주세요." 오래도록 인상에 남는 선물을 달라는 뜻이다. 금방 소비되는 것보다는 오래도록 지켜보며 선물해 준 사람의 뜻을 간직하게 하는 것이 더 의미가 있다.

둘째, 엉뚱한 선물을 하지 말자. 돼지에게 진주 목걸이를 주지 마라는 뜻이다. 언젠가 나는 아주 귀한 원두를 선물로 받았다. 커피를 내리는 일에 문외한인 나는 그것을 개봉도 안 한 채 그대로 모셔 놓아 썩히고 말았다. 오랜만에 만난 그분이 원두의 향을 물어보는데 적당히 얼버무렸다. 나의 말을 듣고 그는 안색이 변했다. 선물은 귀하고 비싼 것보다 상대의 취향과 소화 여부에 맞느냐가 중요하다.

셋째, 사랑도 내리사랑이듯 선물도 윗사람에게 하는 것보다 아랫사람에게 하는 것이 좋다. 내리 선물이 한결 효과를 발휘한다. 한 번은 회식에서 젊은이가 술잔을 받으며 손을 떨었다. 이 모습을 본 선배가 다음날 그를 불러 수전증이 있는 것 같다면서 한약방에서 지어온 약을 건네주었다. 그리고 앞으로 다른 수전증 환자를 보면 도와라고 충고했다.

넷째, 선물 명단과 세목(細目)을 만들어 인간관계에 실패하지 않도록 항상 노력해야 한다. 선물의 성의를 간직하고 보답하기 위해서는 물론이고 상대의 취향 여부를 파악하기 위해서도 그렇다. 선물에도 주고받음이 필요하다. 주고 받을 때 더 풍요롭고 우리의 가슴이 더 따뜻해지기 때문이다.

마지막으로 선물은 사람의 마음에 감동을 주도록 해야 한다. 진심 어린 배려와 정성의 선물이 상대의 마음을 움직이게 한다. 매번 같은 선물로 이미지를 각인시키는 전략도 있다. 돌아가신 숙모님은 명절 때마다 화장품 스킨을 선물로 주셨다. 스킨이 떨어질 때마다 숙모님이 떠오른다.

크리스마스 선물은 감사의 마음을 서로 전하며 그리스도의 사랑을 세상과 나누게 한다. 흔히 하는 연례행사가 아니라 감동의 선물이 되도록 해야 한다. 선물의 본질은 마음을 전하는 데 있다. 가끔 진심이 초라해질까 번듯해 보이는 물건에 집착하기도 하지만 선물의 가치는 정성과 세심한 태도에 있다.

선물에 깃든 저마다의 감사와 사랑이 잘 도착했기를 그래서 조금은 따뜻한 날이 되기를 진정 바란다. (2018)

지워지지 않는 그리움

사람을 만나고 대한다. 얼굴은 낯설지 않은데 이름은 물론이고 어디서 어떻게 만났는지 도무지 기억할 수 없다. 알듯 하면서도 확실하지 않아 머쓱해진다. 이럴 때 신체의 노화 특히 뇌의 노화를 걱정해 보기도 하며 기억이 무엇인가를 생각하게 한다.

우선 기억이 지워질 수 있음은 감사할 일이다. 새기기 싫은 괴롭고 힘든 일을 계속 지고 가고 싶지 않다. 그러나 지워지지 않는 기억이 절대적으로 존재한다. 세월이 지나도 늘 그리움으로 남는다. 그 기억을 지워지지 않는 그리움이라 하겠다.

1999년 겨울이었다. 캐나다 앨버타 주 캘거리 크로스로드 호텔에서 2000년 첫날을 맞았다. 영하 40도를 오르내리는 강추위에 밖에 나갈 엄두를 못 내고 호텔 방에서 텔레비전을 보며 뉴욕 맨해튼 타임스퀘어 전광판에서 10, 9, 8, 7, 6…으로 폭죽이 터지는 순간을 지켜보았다. 새로운 천 년을 낯선 나라에서 맞았다.

이유인즉슨 우연히 거리에서 키가 큰 착하게 보이는 외국인을 만났다. 당시 한국에 영어회화 교육이 붐을 이루어 많은 원어민이

학교나 사설 학원에서 일하기 시작한 시절이었다. 나 역시 영어에 관심이 많아 길거리에서 외국인을 마주치면 무턱대고 말을 걸어보곤 했다. "시간이 있어요? 커피 한잔합시다." 외국인은 오케이 눈빛을 보냈다.

이야기 중 그에 대해 많은 것을 알았고 이해할 수 있었다. 그는 이국땅에서 처음 만난 타국인에게 자신을 털어 놓았다. 가능한 한 빨리 본국으로 돌아가기를 원했다. 나쁜 한국인 원장을 만나 인간 이하의 대접을 받고 있었다. 심지어 원장은 여권을 빼앗아 본국으로 돌아가지 못한다고 위협을 하고 있었다. 이름은 Joel이었다. 안타까워 자주 만났다. 친해지니 집으로 초대하여 가족들에게도 소개했다.

Joel이 집에 놀러 와 식사하면 자신의 몫은 설거지라고 앞치마를 두르고 주방에 섰다. 아내는 기뻐하며 칭찬을 보냈고 가부장적인 한국 남자들 반성해야 한다고 핀잔을 보냈다. 이렇게 만나는 횟수가 반복되니 우린 우정과 믿음이 짙어졌다. 나는 성의껏 격려하고 도와주었다. 결국, 그는 우여곡절로 몇 달을 보내고 본국으로 돌아가게 되었다. 한국을 떠나던 날 만날 기약은 없었지만 부족한 여비를 빌려주었다. 그때가 1998년 겨울이었다.

Joel이 떠나고 거의 1년이 되었을 때 학교 원어민 교사 Steven이 본국으로 겨울 방학을 보내기 위해 떠난다고 하였다. 나도 겨울 방학을 이용해서 캐나다를 여행하고 Joel를 만나고 싶었다. 두 사람과의 인연으로 캐나다 여행을 결심했다.

무식하면 용감하다고 특별한 정보 없이 오로지 비행기 표만 구해 떠났다. 여행사에서 비행기 표를 샀는데 그 코스가 대단했다.

김포에서 일본을 거쳐 밴쿠버 그리고 밴쿠버에서 캘거리, 캘거리에서 에드몬튼 그리고 다시 에드몬튼에서 캘거리, 밴쿠버 그리고 밴쿠버에서 Joel이 사는 오타와 그리고 다시 오타와에서 밴쿠버 그리고 도쿄를 거쳐 한국으로 돌아오는 한 달 여정이었다.

한국에서 출발하여 거의 이틀 만에 캘거리에 도착했다. 캘거리 공항에서 승용차로 약 3시간 또는 비행기로는 약 40분 정도의 거리인 에드몬튼에 원어민 집이 있었다. 나는 비행기를 이용하기로 하고 공중전화로 연락했다. Steven이 마중 나오기로 약속했다. 아침 시간에 캘거리에 도착하여 5시간을 기다려 비행기에 탑승했다. 지루한 시간이었지만 눈 내리는 캐나다의 설경을 즐겼다. 비행기에서 내리자 Steven이 기다리고 있었다. 너무 서두르는 바람에 다른 사람 가방까지 내 짐으로 착각하여 Steven의 차에 실었다. 조그마한 소지품 가방이었지만 주인을 찾을 수 없어 영영 돌려주지 못했다.

집에 도착하여 여장을 풀고 늦은 저녁을 먹고 한국에서 가져온 찻잔을 선물로 주니 Steven의 어머니는 대단히 기뻐했다. 가족 모두 정겹게 멀리서 온 손님을 환영해 주었다. 이틀 동안 네 번의 환승을 거쳐 무척 피곤했다. 깊은 잠에 빠져들었다. 하지만 캐나다의 무서운 추위에 잠이 깨곤 했다. 며칠간 원어민 집에서 생활하며 여러 가지를 체험할 기회를 가졌다. 이웃과 친지를 방문하고 시니어 센터를 찾아보기도 했고 캐나다 지역 행사에 참여했다.

하루는 이른 아침 창가에서 눈 내리는 설경을 지켜보고 있었다. Steven의 막냇동생이 스노모빌을 타고 집 앞에 도착했다. 그 모습을 보고 스노모빌을 타고 싶은 충동이 들어 뛰어나갔다. 뒤편에서

Steven의 아버지가 불렀다. 눈 속에서 뒹굴 수 있는 에스키모 파카를 입으라고 권했다. 육중한 파카를 입고 밖으로 나갔다.

꼬마는 기꺼이 스노모빌을 빌려주었다. 나는 오토바이와 비슷하다고 생각하여 쉽게 모빌의 운전대에 앉아 시동을 걸었다. 순간 깜짝 놀랐다. 모빌은 눈길을 가로질러 속도를 내며 미끄러지기 시작했다. 브레이크로 속도를 제어하려고 했는데 과속을 밟았는지 속도는 더 붙었다. 순간 엄청난 사고가 발생했다.

내가 탄 모빌은 집과 농장을 구분하는 울타리를 뚫고 미끄러졌다. 나는 큰 사고를 당하고 정신을 잃었다. 깨어보니 병원이었다. 두 명의 의사가 무엇인가 이야기를 나누며 얼굴 상처를 꿰매고 있었다. 한 사람은 넓은 상처를 꿰매는 건장한 백인 의사였고 다른 이는 미세한 부분을 다루는 중국계 여의사였다.

의사의 처치가 끝나고 정신을 차리니 가족들이 병원에 몰려왔다. 한 분이 꽃다발을 주면서 축하한다고 했다. 보통 한겨울에 캐나다 전역에서 스노모빌 사고로 50명이 사망하는데 다행이라는 뜻이었다. 병상에 누워 살았다는 안도감 속에서 앞으로 덤으로 얻은 여생을 무엇을 위해 어떻게 살아갈 것인가를 곰곰이 생각했다. 내가 믿고 의지하는 하느님께 나를 구원하신 이유를 수없이 물었다.

Steven 어머니의 안타까워하는 표정도 잊을 수 없다. 사고가 있기 전 어머니는 캐나다 국기가 그려진 스웨터를 선물해 주셨는데 옷이 피가 묻고 찢어져 버렸다. 어머니는 새 옷을 사서 선물로 다시 주셨다. 그리고 사고가 난 지점에서 인증 사진을 찍도록 요청받아 몇 커트를 찍었다. 사진은 가족 일기를 쓰는데 필요하다고 했다. 지금 그 가정에 가면 나의 사고 기록이 있을 것이다. 그들이 나에게 보여 주었던 따뜻한 위로와 사랑이 잊히지 않고 그리움으로 간직된다.

예정된 일정으로 오타와를 방문했다. Joel은 늦은 시간 오타와 공항에서 기다리고 있었다. 다친 나를 보자 안타까워하며 위로로 나를 껴안았다. Joel을 따라 그의 아파트로 들어가 여장을 풀었다. Joel은 아파트 전기·가스·수도 등 여러 시설을 잘 설명해 주고 머무르는 동안 아파트를 전체 사용하도록 허락하고 자신은 다른 곳으로 갔다. 따뜻한 배려였다.

캐나다의 수도 오타와 이곳저곳을 돌아보았다. 멀리 퀘벡이 내려다보이는 전망대에서 10km 길이의 자연 스케이트장에서 여기저기 펼쳐진 아름다운 전경을 마음껏 즐겼다. 그리고 그 기억들이 잊히지 않는 추억으로 내 마음을 파고든다. 순간 캐나다에서 죽을 수 있었다는 아찔함이 나의 기억에 새겨지고 있는지도 모르겠다.

그리움을 '그리다'와 '울다'의 중간쯤으로 표현하고 싶다. 그리움에 잠기다 보면 항상 눈물이 나오곤 한다. 그리움이 짙어질 때 펑펑 울고 싶어진다. 후회와 아쉬움에 상념이 덧입혀져 마음에 떠나지 않기 때문이다. 20년이 흘렀고 더는 다시 만날 수 없는 그들이지만 함께 했던 그 시간이 내 마음에 큰 파문을 일으킨다. 한 번은 바구니를 들고 예쁜 야생화를 채우러 산에 올랐다. 바구니에 꽃은 채우지 못하고 무엇인가 잊히지 않는 그리움만 가득 채우고 돌아왔다. 마찬가지로 캐나다에서 만났던 잊히지 않는 그들을 생각할 때 내 마음의 강물에 그들의 얼굴이 그려져 희미해진다.

그리움이라는 감정은 어디서부터 시작되어 어디서 끝이 나는지 모르겠다. 그리움의 과정은 끝이 없다. 구불구불 흐르는 강을 보

면 물은 온갖 장애를 딛고 결국 바다로 가는 것처럼 우리의 그리움
도 바다를 향해 가는 것이다. 그리고 우리가 가야 할 길이다. 과거
의 추억으로 그리움을 사랑하지 말고, 미래의 꿈으로 무엇인가를
만들어야 하는 진정한 그리움. '하염없이 흐르는'이라는 표현이 잘
어울리듯 그리움을 띄워 보내고 나의 마음이라도 그들과 교우하고
그들의 행복을 위해 기도하겠다. (2020)

제 5 부

문학을 사랑하는 진심

다음 이야기

문학 동인들과 저녁을 먹고 이야기를 나누기 위해 찻집을 찾았다. 분위기 있는 장소를 원했다. 각기 괜찮다는 곳을 추천했지만, 결국 순천 문화의 거리에 위치한 한 갤러리 카페로 방향을 돌렸다. 그곳은 내 친구 부부가 운영하는 곳이다.

카페는 한적하여 도란도란 이야기를 나누는 데 안성맞춤이었다. 한참 대화를 나누는 도중 친구가 우리 일행과 인사를 나누려고 합류했다. 몇 년 전 서울 생활에서 고향인 시골로 내려와 나름 여생을 지역 문화 창달을 위해 노력하고 있다. 그는 구수한 입담으로 카페 운영의 경험담 등 이야기를 주도했고, 이곳에서 매주 목요일마다 '열린 광장'이 열린다고 일러주었다. 그리고 나에게 한 꼭지를 맡아 달라고 부탁했다.

나는 감사한 마음으로 부탁을 수락했다. 이 기회를 통해 글쓰기를 공부하는 우리들의 모임에 다소 도움이 되기를 원했고, 어떤 귀중한 계기가 될 것 같았다.

그런데 한 주일도 못 되어 친구에게 연락이 왔다. 전번에 맡기로 약속했던 열린 광장을 다음 주에 맡아 달라는 부탁이었다. 당연히 지켜야 할 약속이었지만 너무 빨라 약간 고민스러웠다.

어느 분야의 특별한 전문가가 아니기 때문에 '무엇을 어떻게' 하며 거의 무에서 유를 만들어 내야 할 상황이었다. 한참을 헤매다 작년에 발간한 수필집 '손편지의 추억'을 가지고 강의 아닌 강의를 진행하기로 했다. 몇 년간 혼신을 다해 출간했기 때문에 충분히 이야깃거리가 있을 것 같았다.

돌이켜 보면 책을 발간하고 변변한 출판기념회도 못 해 아쉬웠는데, 이 기회를 통해 책을 발간하게 된 동기나 1년이 지난 시점에서 회고의 시간을 갖는 것은 나름대로 큰 의미 있을 것 같았다. 열린 강좌의 프레임을 '저자와의 대화'로 잡고 제목을 '나의 이야기, 너의 이야기, 우리의 이야기'로 하고, 부제목은 '왜 사람은 이야기를 글로 쓰는가? 라고 정했다.

많은 학자는 인간과 동물의 다른 점을 적시하고 있다. 그중에서 '인간은 이성을 가지고 있다.'라는 점에서 동물과 구별된다는 사실에 모두 동감한다. 그러나 인간에게 이성만 존재하고 소통의 수단이 없다면 그 이성의 사유는 한정되고, 전혀 아무런 의미가 없다. 여기서 인간은 자신의 사고를 표현할 효과적인 방법을 찾았다.

의사소통의 가장 일차적 수단이 몸짓, 소리, 표정 등이고 이는 문명의 발달에 힘입어 무용, 음악, 미술 등으로 구체적인 인간 행위로 나타났다. 하지만 이것으로 인간은 만족할 수 없어 말과 글이라는 이차적 의사소통의 수단을 만들어 인류의 발전에 크게 기여해오고 있다. 그래서 '독서와 글쓰기'는 인류 문명의 금자탑을 높이 쌓는데 가장 필수적인 근간이 되었다.

현재 땅에 발을 딛고 사는 사람뿐만 아니라, 이미 죽어 강을 건너 저승으로 가는 사람들도 전하고 싶은 그들만의 '인생'이라는 스토리를 만들어 전하고 있다. 왜 이렇게 죽은 사람조차도 인간은 언제나 이야기에 집착하는 걸까? 그리고 사람들은 선 순환적 구조로 전해진 이야기를 읽고 그다음 이야기를 준비할까.

어쩌면 인간은 누구나 어느 정도는 이야기를 통해 자신을 드러내고 살아간다. 어떤 이야기로 어떻게 드러낼지는 알아서 정하는 것이다. 스스스를 잘 드러내는 여부는 자신 이야기의 능력이다. 그래서 정도의 차이일 뿐, 인간은 모두 이야기꾼이다.

이렇게 '호모 사피엔스' 지혜로운 원숭이라고 부르는 인류는 자신만의 이야기를 만들어 전할 수 있었기 때문에 가능했다.

그렇다면 더 궁금해진다. 왜 우리는 지금 이 순간 보고, 듣고, 느끼는 일상생활에 만족하지 못하고 이야기를 만들어 내는 것일까? 왜 인간은 현실이라는 시간과 공간을 뛰어넘은 이야기에 터무니없이 집착하는 걸까? 갑갑한 인생을 설명해 줄 수 있는 더 큰 무엇인가가 필요하다. 사람만이 그다음 이야기를 만들어야 하는 이유다.

'다음 이야기'는 10월의 어느 날 밤, 얼굴을 맞대고 문학의 힘을 빌려 북 카페에서 나누고 만끽하고 싶다. (2019)

치유의 문학

어린 시절 이발소에 가면 순서를 기다리는 경우가 빈번했다. 좁고 퀴퀴한 이발소에서 코를 막고 서성거렸다. 그 때 벽에 붙어 있는 두 개의 빛바랜 액자가 눈에 띄었다. 하나는 '이발소 그림'이라는 밀레의 만종이고 다른 하나는 '푸시킨의 시'였다. 기다리는 무료함을 달래기 위해 두 액자를 번갈아 보다가 시에 푹 빠졌다. 이런 경험은 나만의 것이 아닐 것이다. 은퇴 전후의 나이에 들어선 한국인들의 그 옛날 이발소의 추억이다.

'삶이 그대를 속일지라도 / 슬퍼하거나 노여워 말라 / 슬픔의 날 참고 견디면 / 기쁨의 날 찾아오리라.// 마음은 미래에 살고 / 현재는 괴로운 법. / 모든 것이 순간이고 모든 것이 지나가리니 / 지나간 모든 것은 아름다우리.'

이 시는 러시아 시인 푸시킨의 대표작이다. 그는 20대를 유배지에서 보냈다. 유배가 끝나갈 무렵 푸시킨은 열다섯 살짜리 이웃 소녀의 앨범에 이 시를 적어 주었다. 산전수전 다 겪은 아저씨가 여리듯 여린 소녀에게 조언을 해 준 셈이다. 왜 그는 이런 시를 어린아이에게.

시는 전체적으로 희망적인 것 같지만 절망적이다. '현재는 괴로운 법'이라는 표현은 미래도 꿈과 달리 괴로울 수 있다는 뜻이다. 삶의 배신감은 언제나 사람을 속인다. 그런데도 시인은 '다 지나간다'라는 덧없음의 치유력으로 현재를 견뎌낸다. 그래서 수많은 사람이 공장 작업대에, 만원 버스 문짝에, 고시생 책상 귀퉁이에 붙여서 낭송하며 삶의 어려움을 달래곤 했다.

세계적인 명작 '돈키호테'를 쓴 세르반테스의 이야기다. 스페인 마드리드가 고향인 그는 가난해서 교육을 받지 못했다. 23세 때 레판토 해전에 참전하여 장애를 입었다. 28세 때는 터키 해적에게 납치를 당해 알제리에서 5년 간 노예로 살았다. 거듭되는 시련 속에서도 그는 문학의 열정을 저버리지 않고 꾸준히 소설을 썼다. 모두 실패했다. 그는 생활고를 해결하기 위해 세금징수원이 되었으나 실수로 영수증을 잘못 발행하여 또 다시 수감되었다.

58세에 옥중에서 돈키호테를 썼다. 동료 죄수들에게 기쁨을 주려고 쓴 글이 불후의 명작이 되었다. 그는 우여곡절 많은 삶으로 지쳐 있었지만, 그의 작품 돈키호테는 유쾌하고 통쾌한 희극이었고 많은 이들을 위로했다. 그의 작품은 전혀 가볍지 않았다. 도리어 독자들을 깊은 사고의 세계로 인도하며 묵직한 울림과 감동으로 다가왔다. 세르반테스의 명언인 '재산보다는 희망을 욕심내자. 어떠한 일이 있어도 희망을 포기하지 말자.'는 것을 머리에 새겨보면 푸시킨의 시 '삶이 그대를 속일지라도'가 오버랩된다.

학창 시절 '큰 바위 얼굴'을 읽었다. 소년 어니스트는 어머니로부터 바위 언덕에 새겨진 큰 바위 얼굴을 닮은 아이가 태어나 훌륭한 인물이 될 것이라는 전설(傳說)을 듣는다. 소년은 커서 그런 사람을 만나보았으면 하는 기대를 가지고, 진실하고 겸손하게 살아간다. 세월이 흐르는 동안 많은 사람을 만났으나 큰 바위 얼굴을 찾지 못했다. 그러던 어느 날 어니스트가 설교하고 있었는데, 한 시인이 그가 바로 '큰 바위 얼굴'이라고 소리쳤다. 그제야 사람들은 그가 큰 바위 얼굴이라고 인정한다. 하지만 어니스트는 자기보다 더 현명하고 나은 사람이 나타나기를 마음속으로 바란다. 어니스트는 여전히 소년 시절 가슴에 품은 소망을 간직하며 미지의 것을 묵묵히 기다리며 살아간다.

어쩌면 살아간다는 것은 지겨울 만큼 질질 끄는 장기전이다. 육체나 영혼이나 한결같이 전향적으로 강고하게 유지한다는 것은 불가능하다. 인생이란 만만치 않다는 말의 이유이다. 어느 한쪽으로 괜찮다고 한다면 다른 한쪽에서 날아오는 보복을 받는다. 한쪽 편으로 기울어진 저울을 필연적으로 원래 자리로 돌아가게 하는 것이 빛나는 문학이 우리에게 가르쳐 주는 교훈이다.

모든 것을 잃었을 때 그 모든 것을 포기하는 대신에 계속 걸어가야 한다. 그렇다면 우리는 좀 더 멀리 나아갈 수 있는 가능성의 순간을 경험하게 될 것이다. 만약 이것이 하나의 환상 같은 감정일지라도 무언가 새로운 것이 또다시 시작 될 것이다. 당신과 나, 그리고 우리는 계속 걸어가야 한다. 상처와 아픔 속에서 상실을 이겨내며 용서와 이해로 자신을 우뚝 세운다. 오늘도 푸시킨의 시를, 하루끼의 소설을 읽으며 치유 없는 시대를 치유해가는 것이다. (2020)

꿈과 사랑이 넘치는 동화

교육청이 주관하는 '북 박람회'에 다녀왔다. 교사와 학생이 독서 활동에 바친 1년의 결과물을 한 장소에 집합시켜 선보이는 행사였다. 나의 수필집도 출품되어 발걸음이 당당하고 분주했다. 여기저기를 기웃거리며, 살면서 가장 큰 영향을 미친 책이 무엇이냐고 묻기도 하고, 앞으로 어떻게 독서를 하고 어떤 글을 쓸 것인가를 헤아렸다.

한참을 둘러보다 사람들이 많이 모인 부스가 보였다. '저자와 만남'의 공간이었다. 유명 동화작가 김남중 코너였다. 난 조용히 들어가 한구석에 자리를 잡았다. 그는 동화작가답게 어린이 언어 수준의 소통으로 쉽게 이야기를 진행했다. 유치하다고만 여겼던 단어들을 동화 속에서 꿈과 사랑으로 넘쳐나게 하는 것을 보면서 동화라는 장르의 힘을 강하게 느낄 수 있었고, 그 감동과 울림에 압도당했다.

어린 시절을 회고하니 표지가 떨어져 나갈 때까지 반복해서 동화책을 읽은 기억이 떠오른다. 닥치는 대로 읽기도 했고, 글을 필사하듯 조심스럽게 더듬더듬 읽기도 했다. 어떤 때는 울고 웃고 마음 졸이다보니 책이 너덜너덜해지기도 했다. 하지만 커가면서 동화가 시시하다고 읽지 않았다. 결혼하고 아이들이 태어났을 때도 아이에게 동화를 읽어 주는 일은 아내의 몫으로 여겼다.

어른이 되어 언젠가 동화책을 선물로 받았다. 왠지 단숨에 읽었다. 책장 한 장 한 장 넘길 때마다 순수한 감동이 전율을 일으켰다. 동화는 아동은 물론이고 성인에게도 시대와 세대를 초월하여 누구에게나 사랑을 받는 문학의 장르임을 확인했다.

우리는 언제 어디에서나 아름답고 환상적인 이야기를 들을 때 '동화 같다.'라는 말을 한다. 문학의 장르 중에서도 가장 아름다움과 신비로움을 자아내는 동화, 시공을 뛰어넘어 남녀노소 누구나 아이의 마음을 잃지 않고 아름다운 세상에 다가가게 하는 이야기가 바로 동화다. 우리는 순박함을 고스란히 간직한 동화 속의 주인공이 될 때 세상을 따뜻하게 바라보는 눈을 뜨며 살아갈 수 있을 것이다.

세상에서 가장 행복한 나라 덴마크를 동화의 나라라고 한다. 덴마크에서는 동화가 행복의 매개체이다. 해피엔딩으로 각색되는 경우가 대부분이지만, 실제로는 비극적 이야기도 많다. 어린이들은 동화에서 역경과 고난을 배운다. 덴마크 사람들은 동화를 통해서 행복은 스스로 현실을 극복하는 데서 기인한다고 알게 되었다. 그리고 훈련이 쌓이면서 저력을 얻는 것이다.

유명한 안데르센 동화의 대표작인 '미운 오리 새끼'는 따돌림과 차별 이야기, '성냥팔이 소녀'는 가난하고 힘든 현실의 슬픈 주인공을 그리고 있다. 왕자와 사랑을 이루지 못하고 거품으로 변해 파도에 휩쓸리는 '인어공주'도 마찬가지다. 안데르센은 슬프지만 동시에 아름다운 동화가 가치 있다고 여겼다.

인상 깊게 읽은 동화 「황소 아저씨」를 소개한다. 추운 겨울밤, 생쥐는 보릿짚에 주둥이를 묻고 잠든 황소 아저씨의 등을 타고 구유 속으로 달려간다. 등이 가려워 잠에서 깬 소는 엄마가 갑자기 돌아가셔서 동생들 먹을 것을 찾아 나선 생쥐의 사연을 듣는다. 황소는 생쥐가 불쌍했는지 자신의 구유 속 먹이를 가져가도 좋다고 허락한다. 생쥐 동생들은 언니 생쥐가 가져오는 콩 조각과 무 조각을 먹다가 드디어 황소 아저씨를 찾아간다.

처음엔 생쥐 남매가 황소 아저씨를 만나러 가면서 고드름을 녹여 눈곱을 닦고, 콧구멍과 수염을 씻고, 코딱지를 떼는 장면을 좋아했는데 점차 황소 아저씨가 생쥐들을 대하는 태도에 매료됐다. "얘들아, 구유 안에 똥 누면 안 된다." "예!" "오줌도 누면 안 되고 코딱지 묻혀도 안 된다." "예!"

도움을 받으면서도 주눅 들지 않는 생쥐들을 통해 도움을 받는 게 부끄러운 일이 아님을 보여 주었다. 혼자 살던 황소 아저씨가 생쥐 남매 덕에 외롭지 않게 겨울을 나게 되는 얘기로 좋은 관계는 일방적이지 않고 상호적이란 걸 가르친다. 황소 아저씨에게 생쥐 남매들은 분명 소중한 선물이었다. 또, 조금 무뚝뚝하게 느껴지는 황소 아저씨도 '친절이란, 말보다 행동에 있다.'라는 걸 모범으로 보여주었다. 친절을 베풀 때 모든 것을 다 줄 필요가 없으며 마땅히 지켜야 할 예의와 거리가 있음을 강조했다.

동화 「황소 아저씨」에서 배운 많은 교훈을 어떤 문학 장르에서 그토록 단순하게 이야기될 수 있을 것인가. 사람은 가장 순진한 시기에 동화를 접하기 시작한다. 이제 많은 걸 잃었다고 생각했을 때가 새로운 길로, 그것도 아주 멋진 길로 접어들기 위해 다시 동화책을 펼치는 시간이 아닐까 한다. 잃었던 꿈과 사랑을 다시 찾기 위해 나이에 관계없이 동화책을 펼치고 한겨울 깊은 밤 동화의 세계에 빠져보자.

어쩌면 소중한 것을 다시 발견하게 되는 순간은 소중한 걸 잃고 모든 게 무너진 것에서 이루어지는 순간인지도 모르겠다. 가장 절망할 때 가장 큰 희망을 염원할 수 있기 때문이다.

꿈과 사랑이 넘치는 동화 세계가 더더욱 그리워진다. (2018)

행복의 열쇠

새해를 맞이한 것이 어제 같은데 2020년도 전환점을 훨씬 넘어 막바지에 치닫고 있다. 돌이켜보니 하루도 편안한 날이 없었다. 연일 코로나바이러스가 지구촌을 강타하면서 우리의 생명을 위협했다. 또, 50일이 넘는 물난리가 겨우 끝난다 싶더니 매주 걸쳐 태풍이 몰아쳤다. 그런데도 치료제와 백신이 개발될 것이라는 막연한 기대감으로 세월만 흘렀다.

한 학생의 얘기가 코로나19 시대를 절감(切感)하게 했다. 고등학교 3년을 몽땅 바쳐 원하는 대학에 합격했건만 아직 교수님도 친구도 만나지 못했고 4년 중 벌써 1년이 지나간다고 하며 '행복하지 못하는 세대'라며 하소연하는 모습이 안타까웠다. 학생이 언급한 '행복하지 못하는 세대'라는 말이 머리에 지워지지 않는다. 그럼 또, '행복한 세대'는 무엇일까.

『색채가 없는 다자키 쓰쿠루와 그가 순례를 떠난 해』라는 긴 제목의 무라카미 하루키 소설을 읽었다. 나고야에 살던 남녀 5명의 친한 친구가 있었다. 어느 날 갑자기 4명이 1명에게 단교를 선언하고 연락을 단절한다. 16년의 세월이 흐른 후 상처받은 주인공은 친구들이 자신을 소외시킨 이유를 알고 싶어 친구들을 찾아 나선다. 소설의 마지막에 외국인과 결혼하여 핀란드에 사는 친구를 만났을 때 작가는 이렇게 이야기를 정리했다.

'그때 그는 비로소 모든 것을 받아들일 수 있었다. 사람의 마음과 사람의 마음은 조화만으로 이어진 것이 아니다. 오히려 상처와 상처로 깊이 연결된 것이다. 아픔과 아픔으로 나약함과 나약함으로 이어진다. 비통한 절규를 내포하지 않은 고요는 없으며 땅 위에 피 흘리지 않는 용서는 없고 가슴 아픈 상실을 통과하지 않는 수용은 없다. 그것이 진정한 조화의 근저다.'

작가는 행복이라고 생각되는 인간의 '진정한 조화의 근저'를 마음과 마음의 평화스러운 연결이 아니라 상처와 상처 아픔과 아픔을 통한 상실의 극복이고 궁극적으로는 용서와 화해라고 했을까. 그리고 핀란드를 소설의 마지막 배경으로 설정했는지 생뚱한 생각이 들었다. 핀란드는 어두운 겨울, 음울한 상록수림, 켜켜이 쌓인 얼음과 눈 등 자연환경이 좋지 않다. 그런데도 세계에서 가장 행복한 나라로 손꼽힌다. 그들의 행복의 열쇠는 어슴푸레한 환경에서 밝은 빛을 찾아가는 과정이 아닐까 한다. 그래서 작가는 핀란드를 상처 입은 소설의 주인공이 '행복의 열쇠'를 찾는 마지막 목적지로 설정했는지 모르겠다.

올해 큰 홍역을 치렀다. 학교 영어 원어민 교사 계약 건이다. 캐나다 토론토 대학 출신을 자부하는 그는 베트남 여자와 결혼하여 대학생 아들을 두고 있다. 본교에 온지 9년이 되었고, 매년 올해가 마지막이라며 1년씩 계약을 연장했다. 원어민을 구하기도 어렵고 특별한 과오 없기에 나이가 60대 중반이지만 계약을 해 주었다.

작년 말에도 1년만 하며 계약을 원했다. 동료 샘들의 반대도 있었지만 12월 초에 계약을 체결했다. 그런데 얼마 지나지 않아 재정을 지원해 주는 순천시에서 중단을 알려 왔다. 원어민은 이미 계약이 되었으니 학교에서 알아서 하라는 표정이었다. 애매한 사정을 순천시에 호소하여 6개월 연장을 허락받았다. 원어민도 사정을 충분히 이해한다며 쾌히 6개월을 승낙했다.

올 3월이 되어 그가 돌아왔다. 6개월 새 계약서를 쓰자고 제의했다. 갑자기 돌변하여 코로나19 사태로 베트남 국경이 문을 닫으면 돌아갈 수 없으므로 계약은 그대로 두자고 역 제의를 했다. 단, 본인은 8월말까지만 근무하겠고 9월부터는 일하지도 않고 급료도 받지 않겠다고 장담했다. 나는 갑자기 '을'이 되었다. 매년 계약을 위해 그렇게 알랑방귀를 뀌더니 위치가 역전이 되었다.

그대로 사람을 믿어야 할지 말아야 할지 난감했다. 9년간 함께 했던 사람에 대해 인간적 배신감까지도 느껴졌다. 노무사에게 상담하니 냉정해야 한다고 했다. 서류상으로 고용이 유지된다면 일을 하든 안 하든 봉급은 지급되는 것이 노동법이라고 했다. 나는 8월말 완전한 퇴직을 요구했다. 그는 노동청으로 찾아갈 것이며 이 문제를 사회적 이슈로 만든다고 간을 서늘케 했다. 나는 그가 보내준 카톡의 약속 문자로 법에 대항하겠노라고 했다. 결국 한 달 이상 옥신각신하다 그는 항복했다.

이 지난(至難)한 과정을 보내면서 교훈을 얻었다. 우리는 서로서로 연결된 존재다. 무소의 뿔처럼 혼자 갈 수 없다. 숲에서 묶여 있지 않는 사슴처럼 먹이를 찾아 여기저기 다닐 수 없다. 언제나 상대가 있고 함께 공존해야 하는데 세상사는 그렇지 않다. 인간관계는 반드시 크던 적던 문제를 만들어 낸다. 행복하기 위해서는 상처와 아픔을 이겨내는 진정한 조화의 근저를 찾아야 한다.

우리 선조들은 또 다른 행복의 열쇠를 일러 주었다. 자연을 벗 삼는 '유유자적(悠悠自適)'이다. 망상(妄想)이 내달릴 때 구름 없는 하늘빛을 올려다보면 온갖 생각이 단번에 사라진다. 이는 상처와 아픔을 이겨내는 바른 기운을 만든다. 꽃 한 송이, 풀 한 포기, 바위 하나, 물 하나, 새 한 마리, 물고기 한 마리를 가만히 살피노라면 가슴속에서 연기가 피어나고 구름이 뭉게뭉게 일어나 흔연한 자득함이 가득히 채워진다. 끝 간 데 없는 망상은 구름 한 점 없는 맑은 하늘의 바른 기운을 멈춰 세운다고 가르쳤다.

번뇌스러울 때 순천만 끝자락 일몰의 와온해변으로 달려가 눈을 감고 앉으면 바닷물이 눈동자와 각막 사이가 하나로 착색된 세계를 펼친다. 붉고 푸르고 검고 흰 빛깔들이 환하게 반짝이며 흘러가서 무엇이라 이름 지을 수가 없다. 한 차례 바뀌어 피어나는 구름이 되고 또 한 번 바뀌어 출렁이는 물결이 된다. 그때마다 새로움이 생겨나니 한바탕 번다한 근심을 해소하기에 넉넉하다.

이 순간이 '행복의 열쇠'를 찾는 순간이 아닐까 한다. (2020)

여행의 의미

전국 대학생 '무진기행 백일장' 대회가 매년 순천만에서 열린다. 올해도 순천을 대표하는 소설가 김승옥님께서 노령의 불편한 몸을 이끌고 대회에 참석하셨다. 선생님과 참가한 문청들이 악수를 나누며 기념사진을 찍은 모습을 보니 기쁘고 흐뭇했고 무진의 늦가을이 쌀쌀함에도 불구하고 대회가 한층 더 뜨겁게 달아오르는 느낌이었다. 동시에 참가자들이 성심껏 글을 쓰고 해가 진 뒤 늦은 시간까지 결과를 기다리며 초조해하던 모습도 인상 깊었다.

순천만 습지는 김승옥의 단편소설 『'무진기행』(1964)의 공간이다. 무진은 '안개의 무(霧)와 나루의 진(津)'이 합해진 말이고, 일탈과 도피의 무대였다. 소설 '무진기행' 속 안개는 상승하려는 공기와 하강하려는 물의 혼합물이었다. 물은 무거운 죽음을 공기는 가벼운 삶 즉 세속의 순응을 의미한다. 주인공은 안개 속에서 물의 세계에 점점 다가가지만 막판에 안개가 걷히자 제 자리로 돌아가는 여행의 이야기다. 그래선지 이번 대회의 산문 글제는 '여행'이었다. 좋은 글제라고 여겨졌고, 더불어 '여행'에 대해 생각하게 한다.

정신없이 살아가다 보면 자신이 무엇을 하고 있는지, 어디로 향해 가는지 누구를 위해 사는지 무엇을 가장 중요하게 생각하는지를 잊어버린다. 이럴 때 '낯설게 보기'를 통하여 마음에 충전을 권유 받는다. 다른 표현으로는 '인생을 살아가는 사람'에서 '인생을 바라보는 사람'이 되어 속도와 방향을 조절하자는 것이다. 이 때문에 삶에서 여행이 절실한 이유이다.

흔히 여행을 관광과 혼용하여 사용하지만, 여행은 관광이 아니다. 단순히 살피고 지나치는 것이 아니라 낯선 곳에서 자신을 만나는 자기 발견의 경험이기 때문이다. 그러므로 여행은 새로운 자기를 잉태한다. 여행에서 돌아올 때 우리는 '새로운 시작'이라는 선물을 들고 올 수 있다. 그래서 여행은 새로운 시작이며, 과거와의 단절을 선언하는 절차라고 할 수 있다.

또, 여행은 단조로운 일상의 반복 때문에 무뎌질 대로 무뎌진 감각들을 망치로 부수듯 깨우는 작업이다. 여행을 통해 비로소 우리는 살아있는 느낌을 경험한다. 어쩔 수 없이 사는 어색한 추임새들로 인해 지친 자신의 영혼을 소생시키는 응급치료가 될 수 있다.

여행의 의미는 지난 여행 경험을 떠오르게 한다. 한겨울에 뉴욕을 여행한 적이 있었다. 살을 에는 듯한 추위 속에서 차가운 바람을 맞으며 여기저기 볼거리를 찾아 맨해튼 시가지를 헤맸다. 뉴욕 메트로폴리탄 박물관, 자연사 박물관, 그리고 넓은 센트럴 파크 공원은 전 세계 관광객으로 항상 붐볐다.

뉴욕 인근에는 미국을 대표하는 문화 허브인 교육도시 보스턴이 있다. 보스턴에는 세계 4대 미술관 중 하나라는 그 유명한 '보스턴 박물관'이 있다. 어렵사리 찾아간 미술관은 흰색 대리석 건물로 대충 살펴도 며칠이 걸릴 정도로 많은 작품이 전시 되어 있었다. 미술 교과서에 나오는 유명한 화가들의 집합소였다. 모네, 세잔, 고흐, 고갱, 피카소, 샤갈 등의 작품을 찾아 다녔다.

특히, 폴 고갱의 대작 〈우리는 어디에서 왔는가, 우리는 무엇인가, 우리는 어디로 가고 있는가〉는 서양미술사의 주요한 작품 중 하나다. 특이하게 이 작품은 오른쪽에서 왼쪽으로 보게끔 되어 있었다. 잠자는 아기로부터 가장자리에 죽음을 기다리는 노파에 이르기까지 탄생에서 죽음까지 인생 여정을 보여 주었다. 고갱의 이 작품의 질문은 삶의 의미, 여행의 의미를 생각하는 시간을 갖게 했다.

이렇게 여행은 자신 안에 무언가가 움직이는 것을 느끼게 한다. 처음에는 혹시 화장실에 가고 싶은 건가 생각했다. 그러나 아니었다. 무언가가 움직이는 곳은 내 뱃속이 아니라 생각과 마음이었다. 마치 작은 씨에서 보드라운 싹이 터서 기지개를 켜듯이 희미하게 내 자신을 집요하게 누르던 벽을 밀어 올렸다. 미미한 징조가 이윽고 또렷한 태동으로 바뀌고 갑자기 출구를 찾게 한다. 이것이 바로 여행의 효과다.

이런 여행의 효과를 통해 우리는 무엇을 얻을까. 첫째 문제 해결 능력이 향상된다. 떠돌다 보면 은연중에 막혔던 부분이 터지고 문제의 핵심을 간파할 수 있는 예지를 쌓는다. 둘째 문화적 다양성을 인정함으로써 통합 능력이 향상된다. 셋째 문화의 상대적 차이를 인정하는 능력이 향상된다. 상대방을 이해하고 인류와 세계평화에 기여할 수 있는 세계인의 마음을 얻게 된다. 마지막으로 스트레스 해소 및 재충전의 기회를 가져 다시 삶을 정돈할 수 있다.

영국 작가 해즐릿는 '여행의 진수는 자유에 있다.' 라고 했다. 사람은 매이지 않고 자신을 스스로 놓아두어야 할 순간이 종종 필요하다는 것이다. 자유롭게 헤매다 새로움을 얻고 살아감이 인생의 여정이고 여행하는 삶이다. 여행의 진정한 의미는 풍경을 보는 것이 아니라 새로운 눈을 가지는 데 있다. 그래서 우리는 여행하고 돌아오면 의식이든 무의식이든 삶의 진실에 대해 더욱 성찰하는 자세를 갖는다. 성 아우구스티누스는 '세계는 한 권의 책이다. 여행하지 않는 자는 그 책의 단지 한 페이지만을 읽을 뿐이다.'라고 여행에 대해 말했다.

김승옥을 기념하고 기리는 '무진기행 백일장' 대회가 여행의 의미와 더불어 새롭게 가슴을 적신다. 선생님이 문학을 통해 찾고자 했던 시대정신이 우리 마음에 흘러내리는 젖줄이 되기를 간절히 바란다.

'공굴리기 인생'이란 말이 있듯이 지구를 공에 견주어 내 자신도 그 위를 자유롭게 걷고 싶다. (2018)

일일시호일(日日是好日)

　　유랑하는 사람처럼 떠돌다가 천신만고 끝에 새로운 곳에 정착했다. 약 3년 동안 본의 아니게 이사를 세 번이나 했다. 나이 들어 3년 동안 왜 매년 이사하게 되었는지 내 자신도 모르겠다. 한 번 스텝이 꼬이니 두 번이 덤으로 따라왔다. 이사를 마치고 아내의 불평이 하늘을 찌를 듯했다. 이제 이곳에서 오래 살 것이라고 위로를 했지만 썩 표정이 밝지는 않았다.

　　이처럼 세상을 살다보면 종종 뒤틀리는 경우가 다반사다. '오늘은 선물이다.'라는 표현도 있지만 하루하루가 그렇게 녹녹하지는 않다. 아침에 일어나서 잠자리에 들 때까지 현실이 현실을 살게 하고, 하루가 또 하루를 버티게 한다. 한 순간이라도 방심하면 언제라도 어려운 상황에 부딪힐 수 있다. 이때 우리는 어떤 혜안(慧眼)을 가져야 할까. 이모저모 숙고하는 중 '날마다 좋은 날'이란 뜻의 '일일시호일'(日日是好日)이란 영화가 머리에 스친다.

　　'일일시호일'(日日是好日)은 작년 말부터 절찬리 상영되고 있는 일본 영화다. 이 작품은 일본의 스테디셀러 에세이 『매일매일 좋은 날』을 영화화한 것이다. 꿈도 취향도 없던 스무 살 주인공이 얼떨결에 낯선 아저씨에게 다도를 배우게 되면서 영화는 시작되었다. 차도를 배우는 제자와 지도하는 스승의 관계로 되었고 그들의 이미지가 인상 깊었다.

영화의 주인공은 찻물을 따르다가 이런 생각을 한다. "더운물과 차가운 물소리가 다르다. 찬물은 경쾌하게, 더운물은 뭉근한 소리가 난다." 또한, 비 오는 여름 그녀는 창밖을 보며 말한다. "장맛비 소리가 가을비 소리와 다르다고 생각했다." 찻물이 번지듯 영화의 소박한 정서를 담뿍 담아 전달해 주었다. 마법 같은 변화를 만나게 되는 일상의 따스함을 전해 주는 일종의 소확행 영화였다.

특히, 일본의 국민 배우 '키키 기린'이 주인공의 다도 선생님으로 나오는데 이 영화가 유작이 되었다. 한 시대를 풍미했던 일본이 사랑하고 좋아했던 배우의 마지막 작품이라고 생각하고 보니 마음이 더 애틋했다.

'매일매일 좋다.'는 뜻을 내 멋대로 해석하면, 겨울은 추워서 여름은 더워서 매력이 있다는 뜻 아닐까 싶다. 봄은 봄대로 가을은 가을대로 꽃과 단풍으로 지적이니 좋다는 말이다. 매일이 소중하고 좋다고 생각하는 사람의 삶이 겨울은 추워서, 여름은 더워서 싫다고 말한 사람과 같을 리 없다. 눈 오는 날은 눈을 보고, 여름에는 찌는 더위를, 겨울에는 살을 에는 추위를 오감을 이용해 온몸으로 매 순간을 느껴야 한다. 싫어할 이유를 찾는 건 얼마나 쉬운가. 톨스토이 소설 '안나 카레니나'의 첫 문장 "모든 행복한 가정은 서로 닮았고, 불행한 가정은 제각각 나름으로 불행하다."라는 그 유명한 어구처럼.

원래 일일시호일은 중국 당송오대(唐宋五代)의 승려인 운문 선사의 가르침이다. 이 말은 하루하루가 즐겁다는 게 아니라 현재 싫은 일 혹은 좋아하지 않는 일이라도 담담하게 받아들이면 의미 있는 하루가 될 수 있다는 의미다. 대학(大學)에 나오는 '일신우일신'(日新又日新)과는 글자는 비슷하지만, 뜻은 차이가 있다. 일신우일신은 주체적으로 노력해 날이 갈수록 새롭게 발전하는 모습을 나타내는 반면에, 일일시호일은 기쁜 일이든 슬픈 일이든 일희일비하지 말고 하루의 일상을 그대로 받아들이며 매 순간 성실히 살아가야 한다는 교훈으로 여겨진다.

　'일일시호일'(日日是好日)이란 의미는 바닥으로 떨어지는 나의 감정을 끌어올려 주고 내일 하루도 계속될 거란 희망을 전해 준 듯하다. 즉, 일상을 채우는 평범한 사물들과 행위들이 '오늘'이라는 하루로 나를 지탱해 준다는 의미이다. 어쩌면 가장 중요한 것은 날마다 되돌아오는 그 보통의 것들을 숙연히 받아들여야 하는 것이 아닐까 한다. 그리고 우리가 부딪치는 모든 상황은 나름대로 의미의 씨앗을 내포하고 있다. 신이 사람들에게 하루를 줄 때는 문제라는 것으로 포장하여 선물을 준다는 말이 있듯이 아무리 나쁜 일에도 반드시 거기에는 좋은 의미가 숨어 있다.

　청년 실업 등 경제적 파탄이 팽배한 오늘의 현실에서 사회에 나아갈 시간을 앞둔 젊은이들에게 어느 방향으로 나아갈지 분명하지 않아도, 오늘을 잘 살아내면 그것으로도 충분하다고 가르치고 있다. 또, 일상에 지친 사회인에게는 하루하루 쌓아 올린 시간이 내일의 나를 어떻게 만들어 갈 수 있는지를 보여야 한다고 넌지시 강조하고 있다. 그래서 격렬한 대결로 매일 시끄러운 일상을 살아가는 우리 모두에게 어떻게든 이겨나가야 한다는 달관의 경지를 배우게 한다.

짧은 기간 중 세 번의 이사 속에서 무척 속상하고 힘들었지만 내 주거 공간의 소중함이 얼마나 중요한지 깨달을 수 있었고 아내의 힘든 짐 정리를 보고 평생 나와 함께 살면서 어려움이 끝이 없었음을 확인했다. 그래서 '일일시호일'이 내게 가르쳐 주려고 하는 것이 무엇인지를 적극적으로 찾아 스스로를 위로하며 어려움도 황당함도 모남도 다 치유되기를 원한다. (2019)

말모이

　대전에서 사는 딸이 거의 두 달 만에 집을 찾았다. 딸아이는 집에 오자마자 피곤했는지 침대에 누웠다. 한참을 자고 일어나더니 저녁 식사 무렵에 모처럼 가족끼리 영화를 보자고 했다. 내키지 않았지만, 딸의 간만의 요청을 거부할 수 없어 좋다고 답했다. 딸이 보고 싶은 영화가 있냐고 묻자 아내는 나이 먹은 우리가 무엇을 아냐며 전적으로 딸에게 맡겼다.

　딸은 스마트폰을 검색하고는 영화 제목과 시간을 알려 주었다. 그런데 영화 제목은 몇 번 들어도 머리에 와 닿지 않았다. 그렇다고 또 물으면 나이 먹은 어눌함을 들킬 것 같아 옹색한 표정으로 알았다며 더 이상 묻지 않았다. 늦은 저녁 아내와 딸과 함께 극장에 보낸 시간은 설레며 즐거웠고, 영화까지 깊은 감동을 더해 더바랄 나위 없었고 기쁨이 배가 되었다.

　영화는 '조선어학회'에서 발생한 역사적 사실들을 바탕으로 한 작품이었다. 깊은 울림과 여운을 주는 수작이었다. 일제 강점기 우리 민족의 말을 모아서 국어사전을 만드는 어려움을 적나라하게 그려냈다. 처음 들었을 때 생소했던 '말모이'라는 제목의 의미도 쉽게 이해할 수 있었다.

1940년대 일제의 만행과 횡포로 고통을 겪는 조선 사람들의 안타까운 모습으로 영화가 시작되었다. 주인공 김판수는 극장 문지기를 하며 두 아이를 키우는 아버지다. 교도소를 제 집 드나들 듯 들락날락하며 건달 생활을 하던 어느 날 판수는 직장을 잃게 된다. 아들의 중학교 월사금을 내야 하는 상황에 몰리게 되자 판수는 동네 친구들과 소매치기를 한다.

이때 주시경 선생님이 남겨 놓았던 국어사전의 원고를 가지고 일본군에게 쫓기는 류정환이 등장한다. 국어사전의 일부를 들고 경성에 도착한 류정환은 판수 무리에게 가방을 소매치기 당하면서 영화는 시작되었다. 류정환은 너무나 소중한 가방이었기에 판수를 끝까지 추격하여 가방을 겨우 찾는다.

영화는 '조선어학회' 동지들이 등장함으로써 새로운 국면을 맞는다. 그들은 어려운 상황에서 민족의 언어를 지키기 위해 분투하고 있었다. 마침 조선어학회에서는 잔심부름할 인력이 필요하여 김판수를 고용한다. 류정환은 까막눈인 판수에게 조선어학회에서 일하려면 적어도 글을 읽고 쓸 줄은 알아야 한다고 강조하며, 글을 배우라고 독촉한다. 판수는 난생처음 글공부를 시작하며 세상과 민족의 현실에 눈을 뜬다.

판수의 아들 덕진이가 중학교에서 딸 순희 역시도 곧 학교를 들어가야 하므로 같이 개명을 하게 된다. 순희는 "나는 순희가 좋은데……."라며 울부짖는다. 그 말을 계기로 판수는 하루빨리 우리말 사전이 만들어지기를 원한다. 이후 판수는 민족의 정기를 찾고 지키기 위해 조선어학회에 더욱더 적극적으로 참여한다.

일제의 눈을 피해 우리말 사전을 만들면서 여러 고비가 찾아오지만, 우리말을 모으기 위해 전국 각지에서 선생님들이 찾아와 표준어를 정하는 공청회가 우여곡절 끝에 열린다. 이 사건이 영화 제목이 된다. '말모이'는 '말을 모은다.'라는 뜻이다. 그러나 일본 경찰에 발각되어 류정환과 판수는 원고 가방을 들고 도망을 친다. 결국 류정환은 경찰에 잡히고 판수는 우리말 사전의 원고를 지키다 죽는다.

그 후 독립이 되어 감옥에 갇혔던 류정환이 풀려나게 되면서 판수가 죽기 전 지켜 낸 원고를 찾는다. 그리고 우리 민족의 정신, 민족의 생명인 우리말 사전을 제작하게 되면서 영화는 끝난다. 영화 마지막 장면에서 김판수가 두 자녀에게 남긴 편지를 읽을 때 너무나도 가슴 시리고 안타까웠다.

영화 속 명대사가 잊히지 않고 기억 속에서 흘러내린다.

"사람을 대할 때는 늘 꽃을 건네는 마음으로", "사람이 모이면 말이 모이고 말이 모이면 뜻이 모인다.", "마음 밭에 사람을 심어라. 그것이 지나서 행운의 꽃을 피운다.", "말은 민족의 정신이요. 글은 민족의 생명이다.", "행복은 원하는 것을 얻는 것이 아니라 이미 가진 것을 깨닫는 것이다.", "추억은 사는 기쁨의 절반이다. 시간이 지나면 오늘도 추억이니까.", "한 사람의 열 걸음보다 열 사람의 한 걸음이 더 큰 걸음이다."

감동의 영화를 보면서 우리 민족의 정신, 민족의 생명을 끝까지 지켜주신 분들에게 너무 감사했다. 비속어, 줄임말, 외래어 등 이상한 단어들이 많이 만들어지고 있는 요즘 우리의 언어생활을 돌아보게 하는 계기가 되었다. 더불어 날마다 글쓰기를 생활로 하는 나에게 우리말의 소중함을 다시 새겨 보게 했다. 영화는 끝났지만 김판수가 자녀들에게 남긴 마지막 몇 마디에 감동해 영화관을 쉬이 떠나지 못하고 한참을 자리에 앉아 있었다.

주인공 김판수의 죽음은 가깝든 멀든 우리에게 분명 무언가를 남겼다. 못다 한 말이 남고 듣고 싶은 말이 남아 우리의 마음에 떠돈다. 현재 그가 들어줄 리 없고 우리가 들을 리 없는 말이라 해도, 그것은 메아리가 되어 우리의 가슴에 남는 것이다. 이것이 그의 삶이 헛되지 않고 가치가 있다고 믿는 이유이다. 더 나아가 모든 말을 다 주고 간 것처럼 우리의 가슴에 던져져 확대 재생산되어 무한하게 느껴지고 있다.

외국 사람들은 '나의 나라, 나의 가족, 나의 이웃' 흔히 말한다. 이에 반해 우리 조선인들은 '우리나라, 우리 가족, 우리 이웃'이라고 한다. 그게 우리의 문화이고 민족정신이다. (2019)

소설 '흑산'을 읽고

　수도권을 중심으로 신종 코로나바이러스 감염증(코로나19) 집단 발병 사례가 잇따르면서 일일 신규 확진자 수가 늘어나는 불안한 나날이다. 금년 봄은 셀프 격리 생활을 강요받는 등 길고 힘들다. 정말로 한 번도 경험하지 못한 나라에서 살게 될 것이라는 누군가의 표현이 적중했다. 하지만 이 덕분에 여러 권의 책을 읽고 글을 쓸 수가 있었다. 누군가가 이야기 했다. 글을 쓰려면 '고통과 고독 그리고 독서'가 절대적이라고. 김훈의 장편 소설 '흑산黑山'(학고재 刊)을 읽었다.

　소설 '흑산'은 남인 학자로 천주교에 입교했다가 흑산도에서 생을 마친 정약전과 끝까지 순교한 황사영의 대비 된 이야기다. 정약전은 한 때 세상 너머를 엿보았으나 다시 세상으로 돌아온 배교의 삶을 살았다. 그래서 유배지 흑산 바다에서 물고기를 들여다보며 실증적인 어류 생태학 저서 '자산어보'를 남겼다. 소설은 정약전이 흑산도로 유배를 떠나는 뱃길에서 시작해서 그 곳에서 아이들을 가르칠 서당을 세우고 신임 수군 별장을 맞는 장면으로 끝난다.

정약전의 조카사위 황사영은 세상 너머의 구원을 위해 온몸으로 기존 사회의 질서와 이념에 맞섰다. 조정의 체포망을 피해 배론 토굴에서 북경에 보내는 편지 '황사영 백서'를 썼다. 비단 폭에 일만 삼천삼백여 글자로 이루어진 글에는 박해의 참상을 고발했고 낡은 조선을 쓰러뜨리고 새로운 천주의 세상을 열어 달라고 호소했다. 1801년 신유박해 때 사로잡혀 '대역부도'의 죄명으로 서소문 밖에서 능지처참 되었다.

이 두 주인공 이 외에도 종교가 무엇인지 구원의 목마름에 다가섰던 수많은 민초의 이야기도 담겨있다. 가슴 먹먹한 그들의 고난의 역사. 금수와 다를 바 없는 삶의 편린들. 순조 임금이 물었다. "저것들은 왜 저러는가. 왜 죽여도 또 번지는가. 저것들은 어째서 삶을 하찮게 여기고 한사코 죽을 자리로 나아가는가?" 신료들은 대답하지 못했다. 대답 받지 못한 의문은 세상에 두려움이 되어 멀리멀리 번져 나갔다.

그들은 상전이 없는 밭이나 들에서 소리 죽여 노래했다. 주여! 주여! 하고 부를 때 그들은 부를 수 있는 제 편이 있다는 것만으로도 눈물겨웠다. 호격에는 신통력이 있어서 부르고 또 부르면 대상에게로 건너갈 수 있을 듯싶었다. 주여, 주여 부를 때 주는 응답하지 않았지만 그 호격 안에는 부르는 자가 예비한 응답이 들어 있었다.

주여 우리를 매 맞아 죽지 않게 하소서.
주여 우리를 굶어 죽지 않게 하소서.
주여 우리 어미 아비 자식이 한데 모여 살게 하소서.
주여 겁 많은 우리를 주님의 나라로 부르지 마시고

우리들의 마음에 주님의 나라를 세우소서.

주여 주를 배반한 자들을 모두 부르시고

거두시어 당신의 품에 안으소서.

이렇게 기도하면서도 너무 힘들어서 어떨 때는 신을 향해서 더 이러시면 아니 된다고, 더 참지 못한다고 원수를 갚아달라고 호소했지만, 더는 가만히 있지 않을 거라고 대들었던 그들이었지만, 어느 순간에 무슨 일이든 일어날 수가 있다는 체념으로 모든 것을 받아들였다. 왜 그들은 세상의 삶을 그렇게 허무하게 저버렸을까. 밖을 보면 칠흑같이 어둡지만 위를 보면 찬란한 그 분을 따르기 위해서 그랬을까.

그들은 하늘의 선한 뜻은 권력의 작용이 아니라 인간의 실천을 통해서 일상의 땅 위에 실현할 수 있으며, 그 실천의 방법은 사랑이라고 믿는 자들이었다. 그러므로 네 이웃을 사랑하고 죄를 뉘우치고 뉘우침 안에서 새 날을 맞이하기를 바라던 이들이었다. 그래서 비록 크고 두려운 날들이 다가올지라도 끝까지 신앙을 지킬 수 있었던 것이다.

책을 읽다가 밖을 보니 어두워졌다. 밤을 재촉하는 어둠은 흑산의 그 날처럼 켜켜이 조금씩 내리다가 누군가 커다란 솜이불을 후루룩 펼치고 그것이 내려앉듯 세상을 덮었다. 모든 것이 끝이었다. 그러나 어둠 속에서 밝혀진 수많은 별들이 영롱하다. 저 많은 별들이 끊임없이 생성되고 소멸할 것이다. 어쩌면 별 하나 태어날 때마다 지상의 한 사람은 죽어가며, 별 하나 사라질 때면 그 별은 유성이 되어 땅에 떨어질 것이다. 그러므로 우리 역시도 별 하나 지상에 떨어져 만들어진 운석에 불과하다. 그래서 우리의 고향이 하늘이므로 우리의 운석은 저마다 하늘을 그리워하는지도 모르겠다. 그리고 언젠가는 하늘로 되돌아 갈 줄을 알고 믿는다.

요즈음 하나를 더 깨닫는다. 바람은 제가 불고 싶은 대로 불어 우리는 그 소리를 듣고도 바람이 어디서 불어와서 어디로 가는지 모른다. 하물며 우리들의 영혼이 어디서 와서 어디로 가는지 어찌 알겠는가. 그러나 한 가지 분명한 것은 우리의 영혼이 영원히 죽지 않는다는 사실이다.

알베르 카뮈는 썼다. "페스트균은 결코 소멸하지 않는다. 언젠가는 인간들에게 불행과 교훈을 가져다주기 위해 또다시 저 쥐들을 흔들어 깨울 것이다." 경자년 봄에 코로나코리아에 숨죽인 흐느낌은 우리 모두의 고통이자 아픔이다. 저 너머 붉게 물든 저녁 하늘로 새들이 날아오르기를 희망한다. 그래서 '흑산'의 그들이 세상의 근본인 천주를 만났듯이. (2020)

글쓰기를 다시 생각하며

얼마 전 계간 《화백 문학》으로부터 수필 부문 신인상 수상 소식을 전달받았다. 우편으로 수상작과 작품 평이 실린 잡지를 받으니 감회가 새롭다. 정식 문단에 등단했다. 작년 5월부터 우연히 글쓰기를 시작하여 줄기차게 근(近) 2년을 몸부림쳤다. 습작 수준이지만 수필집까지 발간하였으니 큰 쾌거라고 자평해 본다. 요즘 종종 주변에서 작가나 수필가로 호칭될 때 기쁘기도 하고 낯설어 겸연쩍게 웃음을 짓는다.

문호 어니스트 헤밍웨이는 이야기를 말로 전할 때와 글로 옮길 때 사람들의 마음과 태도는 달라진다고 말했다. "한마디 하자면, 내가 이야기할 때는 그냥 이야기예요. 하지만 글로 쓰면 그건 영원히 진심이죠." 나는 헤밍웨이가 언급한 이 '영원한 진심'을 위해 매일 무방비 상태로 다음 페이지를 맞이하곤 한다. 글쓰기는 나의 흔적이고 사랑을 나누게 하는 영원히 지워지지 않는 진심이다.

가끔씩 이웃들은 나에게 무슨 걱정이 있겠느냐고 말한다. 하지만 날이면 날마다 싸늘한 세상의 바람에 숨 가쁘게 살고 있다. 때

때로 내가 간직한 이러저러한 많은 일은 항상 나를 억누르고 잠 못 이루게 한다. 이런 나는 글쓰기를 통해 자신과 화해하여 치유를 받고 굴곡진 나날의 이야기를 세상과 공유하고 있다

　돌이켜보면 올 한 해 동안 글을 쓰고 문학 동인회에 가입하고 책을 발간하는 것에서 더 나아가 책을 홍보하고 판매하기 위해 부산을 떨었다. 이제 한 해를 마무리하고 홀로 서니 다시 나를 기다리고 있던 것은 차가운 책상에 놓여 있는 컴퓨터 자판이었다. 그리고 가슴 한구석 더 좋은 글을 추구하는 끝없는 욕심뿐이었다. 넘지도 이루지도 못할 것 같은 두려움이 폐부를 서늘하게 한다. 그럼에도 글을 쓰면 묘한 보람을 느낀다.

　수년전부터 나의 하루는 이러하다. 아침에 눈을 뜨면 아파트 앞에 배달된 신문을 집어 방으로 가지고 와 읽는다. 수년을 살폈던 신문이기에 요일마다 달라지는 지면의 구성을 신문쟁이 못지않게 잘 알고 있다. 몇 면에 누구의 글 누구의 칼럼을 그리고 글의 배열과 순서를 다 꿰고 있다. 혹시 새로운 필진이 아니면 더 신선한 글이 게재됐는지 살핀다. 그리고 중요하게 여겨지는 내용과 기억할 만한 가치 있는 문구를 독서 노트에 옮긴다. 또한 꼭 간직할 내용이 있다면 가위로 잘라 스크랩한다. 매일 아침 한 시간 이상 소요되는 중요한 일과였다.

　직장에 출근하여 일과를 점검하고 여분의 시간에는 책상에 앉아 글을 쓴다. 요즈음은 학기말이고 수능시험이 끝나 많은 시간을 글쓰기에 집중할 수 있다. 그리고 퇴근하여 집에 돌아오면 다시 책상에 앉는다. 글을 쓰다 지치면 음악을 듣거나 텔레비전을 시청하며 휴식을 취하다, 다시 글을 쓰고 독서를 하다 자정이 넘어 잠자리에 든다.

이처럼 나는 매일 똑같은 생활을 반복한다. 그런 질서와 규칙이 내게 평안을 주고 그 힘으로 글을 쓴다. 내가 고른 단어가 모여 문장이 되고 문장이 이어져 단락을 이루고 그렇게 쌓인 단락들이 나의 성(城)이 되면 그 안에서 나는 보람을 느끼며 행복하다. 글을 쓰면 쓸수록 좋아지다가도 몸서리칠 때도 있다. 새해 나의 소망은 한 가지 아마 일 년 내내 그러했고 어제도 그랬듯이 내일도 똑같이 쓰고 또 쓰는 것, 오직 그뿐이 아니겠느냐는 다짐이었다.

때로는 왜 책을 읽고 감상하는 즐거움으로 끝날 일을 이렇게 부풀리면서 머리를 아프게 사느냐고 자문도 해본다. 그러면서도 걱정은 여전하다. 설마 여기서 글쓰기가 끝나는 건 아니겠지? 과연 두 번째 책을 낼 기회가 있을까? 뭘 써야 하지? 나에게 한 해가 며칠 남지 않은 지금 나는 글쓰기를 위해 과연 얼마나 집중하고 있는가를 걱정하고 고민한다.

큰 성취보다는 조그마한 것이라도 잃어버리지 말아야 할 것들을 지키는 작가가 되고 싶다. 그래서 사람을 만나면 그 사람의 성취보다는 어려운 시기에 무엇을 지키고 잃어버리지 않았는지 더 잘 살피려고 노력했다. 또 사물이나 사건을 접할 때도 잘 보고 잘 느끼고 잘 생각하기 위해 의식적으로 애쓴다. 성취에 관계없이 글쓰기 자체만이 나에게 주는 것들이 있다는 사실도 알았다.

조지 오웰은 '나는 왜 쓰는가.'라는 글에서 글을 쓰는 이유를 서술했다. 순전한 이기심, 아름다움의 추구, 역사에 남고 싶은 충동, 그리고 스스로에 대한 치유와 자신과 화해라고 했다. 그러면 나는 무엇을 위해 글을 쓰느냐? 오웰의 모든 언급을 다 포용하기도 하고 부분적으로 수용하기도 하지만, 그 이유가 무엇이 되던 나에게 크게 중요하지 않다. 현재는 글을 쓰는 자체를 사랑하고 글안에 나의 진심을 담고 있다.

셰익스피어는 나이 들어 머리카락 빠지는 것을 염려하지 말 지어라며, 대신 그 자리에 지혜가 심어진다고 했다. 나는 그 지혜를 적어 세상과 공유한다고 자부한다. 쓰고 고쳐 쓰고 읽고 관찰하며 섬세하게 살피고 마음을 열고 경청하고 나 자신을 글에 맡긴다. 그래서 나는 독자로서의 삶이 아닌 글쓴이의 한 사람으로서 삶을 더 진지하게 음미하고 문자의 진실성에 대한 책임의식을 가지며 살아가겠노라고 다짐한다. (2018)

함께 어울려 행복한 이야기

'풍경소리' 20주년 행사에서 우연히 만난 자매님의 전화 연락을 받았다. '사랑어린 배움터'에서 열리는 행복한 이야기 한마당에 참석해 주라는 초대였다. 이번에는 한겨레신문 조현 기자가 오신다고. 목요일 저녁에는 평소 수년간 참석하는 모임이 있어 망설였지만, 마음이 더 끌려 참석했다.

조현 기자는 초대해 주셔서 감사하다는 인사말과 이 배움터 공동체의 아름답게 사는 모습이 인상 깊다며 이야기를 꺼내었다. 더불어 한국 사회에서 관심을 갖기 시작한 오늘의 주제 '마을 이야기, 공동체 이야기'를 서글서글한 표정으로 편안하게 문을 열었다.

등에 통증이 너무 심해 고생한 경험담과 그로 인해 1년간 휴직 이야기로 물꼬를 텄다. 병은 자가 면역성 질환으로 병원에 가면 진통제를 주고 더 심하면 마취제를 주지만 차도가 없었다고 한다. 본인 스스로 '대상포진 후유 징후군'이라는 병명을 붙이며 힘들었다고 했다. 결국 병원 치료를 포기하고 회사에서 휴직을 얻어 여기저기 다니다 태국에 있는 어느 공동체에 잠시 머물렀다고 했다.

그곳에서 포티락 스님을 만난다. 80대 노승을 외국 방문객이 만나는 경우가 드문데 운 좋게도 개별적으로 만나 많은 얘기를 나눌 수 있었다고 했다. 병가를 낼 때 '일을 떠나 1년은 오직 쉬며 건강만 챙기겠다.'라고 한 다짐에 따라 쉬엄쉬엄 관광하며 휴식한 시간이었다고. 포티락의 한 평생을 간단히 설명했다. 우리나라로 말하면 조용필 수준의 가수로 인간적 성취를 이루었지만, 최고의 부유한 삶을 살아도 행복을 느끼지 못했다고 한다. 즉, 욕망을 실현해도 행복이 채워지지 않는다는 뜻이다. 그래서 "우리 오빠는 미쳤다."라는 등 숱한 지탄에도 불구하고 단순하고 소박함을 추구하기 위해 출가했다. 그리고 2년의 수행이 끝난 다음 수행 완성을 선언했다. '삶이란 사는 것이 중요하지 끊임없는 명상은 일종의 허망'이라고 생각해서다. 승려라기보다는 종교의 기득권에 맞선 혁명가였다. 노동의 중요성을 신성시하고 종아리를 만져 보니 마라톤 선수와 같이 단단했고 건강한 분이었다고 한다.

이들 공동체는 성직자와 일반인이 함께 살았다. 원두막에는 칫솔, 담요, 최소한의 소지품 밖에 없었고 하루 일식을 했다고 한다. 승려들이 기득권을 버리고 모범적인 삶을 절대적 가치로 여겼다. 사치와 허영을 버리고 이윤추구가 아니라 이윤을 남기지 않음을 가장 큰 덕목으로 여겼다. 물건을 만들어 팔 때 판매 가격이 원가에 가까울수록 최고의 적정 가격이었다고 한다.

욕망을 버리고 공익을 위해 헌신하는 약 300명 정도로 구성된 공동체가 태국 전역에 6개가 있다고 했다. 생활을 마치고 떠날 때 기부를 한다고 했더니 7번 방문하기 전까지는 기부가 불가하다고 하며 거절했다고 한다. 모든 것을 돈으로 해결하려고 하는 세태를 거부하는 그들의 신념에 공감을 느꼈다고 한다. '인류의 희망'이라는 공동체를 알리는 영어 책자를 한겨레에서 출판해도 되느냐 여부를 물으니, 판권이 없다며 필요한 사람이 가지고 가면 오케이라고 했다고 한다. 모범적으로 유지되는 공동체 무소유 정신에 감명을 받았다고 했다.

한국의 공동체를 살피면 요즈음 새로운 공동체들이 부스러기를 털어내고 새롭게 모여 사는 이상형 공동체가 등장하고 있다고 했다. 우리 사회가 문제도 많지만, 문제가 많으면 많을수록 대안을 찾아가는 '필요가 창조를 낳는다.'라는 긍정적인 면을 이야기하면서 두 유형의 공동체를 소개했다.

첫째로 '전환 마을 운동'이다. 박원순 시장이나 문재인 정부의 도시 재생사업과 맥을 같이한다고 했다. 기존의 공동체를 바람직한 방향으로 탈바꿈하는 운동이다. 둘째로 '공유주택 운동'이 있다. 스웨덴의 1/5는 공유 마을 공동체로 이루어져 함께 사는 운동이 붐이라고 했다.

삶의 필요에 의해 사회복지를 염원했지만, 인간의 행복은 복지가 전부가 아님을 깨달았다고 한다. 독일 함부르크에서 심리 상담실을 운영하는 교포를 만났는데 하루 5명 상담한다고 한다. 외부로는 삶이 풍요로웠지만 내면적으로는 그들은 외롭고 불행하다는 사실을 알았다고 했다. 눈에 보이는 복지와 눈에 보이지 않는 상실감이 극에 달했다며 이러한 고독을 해결하기 위해 유럽에는 '외로움 성 장관'까지 둔다고 했다.

조현 기자의 생생하고 중출 한 경험담이 한층 무르익고 있을 때, 김민해 목사님은 잠깐 오늘 밤 자리를 함께 한 장공(長空) 김재준 목사님의 막내아들 부부를 소개하고 그분들의 이야기를 청했다.

김재준 목사님은 1901년 함경북도 유교 집안에서 태어나셨다고 한다. 1920년 중동학교 시절 김익두(金益斗) 목사의 부흥회에 참석하여 회심하고 기독교에 입신하였다. 목사님들의 도움으로 1928년 일본 청산학원(靑山學院)의 신학부에서 공부했고, 이후 미국으로 건너가 프린스턴신학교 등 에서 공부하고 신학 학위를 받으셨다고 했다.

처음에는 사회주의 신학자로 한국 장로교에서 비판했다고 한다. 민주화 과정에서 주 활동을 하셨지만, 투사는 아니고 신학자이며 후배를 키우는 교육자이셨다고 설명했다. 신복음주의적인 신학 논문 발표로 한국 신학의 자유로운 발전에 신기원을 이룩하셨다고 했다.

1936년 용정(龍井)의 은진중학교(恩眞中學校)에서 교편을 잡았으며, 1940년 서울의 한국신학대학교의 교수가 되었다. 신학노선 문제로 정통 시비에 휘말리다가 장로교에서 제명되기도 했고, 이에 반발한 교회들과 기독교장로회 창립과 한신대 설립의 주축 멤버이셨다고 했다.

1979년부터 3선 개헌 반대, 유신반대 등 민족통일을 위한 국민연합 위원장과 한국 민주 촉진 국민연합에서 활약하셨다. 일화로 아버지가 가자고 해서 목사님과 YMCA 집회 소위 '15명 선언'에 참석했다가 아버지는 남산으로 아들은 종로경찰서로 끌려간 이야기를 들려주셨다.

이어 김 목사의 며느리 되는 사모님의 숨겨진 비하인드 스토리를 요청받고 차분하게 장공 선생님의 이야기를 들려주셨다. 감리교 집안 출신으로 기장의 며느리가 된 이야기며 목사님이 강제 해직을 당하고 캐나다에서 생활과 다시 돌아오셔 돌아가실 때까지 감명 깊은 일화를 소개했다.

캐나다에 돌아오셔 집에 계실 때 형사들은 집 마루까지 올라 와 머물렀고 보안사는 자택을 철저히 지켜 감금 생활을 했다고 했다. 민주수호 국민협의회 구성을 주도하여 구속된 제자 은명기 목사님 재판에 가시다가 종로 2가에서 당국에 잡혀 집으로 돌아오셨을 때 "제자 재판에 스승이 못 가는 것이 말이 되냐?"라고 분노하셨다고 했다.

어느 사람과도 적이 되지 않으셨다. 특히 법정 스님과 천주교 인사들과도 친해 종교를 넘나든 분이라고 했다. 하루는 어떤 분하고 전화를 하시면서 무엇인가를 너무 정중하게 거절하셔서 여쭈었더니 통일교 문선명이 세계 일주를 제안하여 거절했다는 이야기를 하셔서 그분의 고매한 인격과 그 끝없이 넓은 성품에 감명 받았다고 했다.

한 달에 2번 함석헌 선생을 만나 민족과 나라를 걱정했다고 했다. 미국에 유학 중 부모의 전갈을 받고 돌아와 산 너머 사는 이웃마을 처녀와 결혼한 이야기 그리고 미국 유학에서 돌아와서 함께 살 수 없다고 생각했던 시어머니에게 돌아오신 날 "걱정하지 마!"라고 하시며 하늘 아래 하느님이 정해준 인연을 버리지 않는다고 해서 막내인 자신의 남편을 낳았다는 이야기는 행복한 이야기의 은은한 사연을 우리 가슴에 성큼 던져 주셨다.

목사님은 6남매를 낳으셔 위로 누나 세 사람과 형님 두 분이 계셨다고 했다. 그리고 엄마 젖을 빨아도 젖이 나오지 않은 장로님의 가난한 시절을 일러 주셨고 캐나다에 출국하지 못하도록 인질로 억류되었다고 했다.

목사님을 끝까지 모실 수 있는 은총 주신 하느님 사랑에 감사드렸고 복을 많이 받았다고 회고했다. 딸이 아들보다 더 귀한 세상이 올 것이라고 강조했던 일, 시집와서 이북사람들의 습관대로 며느리 이름을 '정희야! "라고 불러 주신 일을 회고했다. 한양대 병원에 누워 계실 때 죽은 박종철 열사 탄원문을 박형규 목사님이 받아간 '국민에게 들려주는 길'을 유언처럼 남기고 가셨다고 했다. 그의 생생한 음성은 요즈음처럼 어려운 시기에 절실히 필요했던 분이다고 말씀하셨다.

다시 조현 기자가 바통을 받아 우와 좌의 격한 대립과 갈등을 조화와 균형으로 해결하려는 노력이 필요하다고 덧붙였다. '물과 기름에는 시간이 약이다.'라는 말이 있지만 분단 70년을 맞은 한반도는 전혀 달라지고 있지 않다고 했다. 종교와 공동체 지향, 조직과 직업, 우민화, 극우 논리 선지자 노릇하지 말고 선한 마음으로 살아야 한다고 강조했다. 153종류의 사람이 있기 때문에 153종류의 생각이 존재한다고 했다.

인도를 여행할 때 간디의 행적 16군데를 찾았다고 한다. 얼마나 답답했으면 계속 단식하고 방법이 없으니 비폭력 운동을 할 수밖에 없다고 했다. 이념이 사라진 이 시대에 기득권을 위해 서로 싸운다고 말했다. 사람을 피해.히말라야를 자주 찾는다고 했다. 아무 문제가 없어야 한다는 것이 바로 문제라고 말할 때 김민해 목사님은 언젠가 다시 찾아 주실 것을 부탁드리며 거의 행복한 이야기를 마무리했다.

수필가 피천득 선생님의 수필 '인연'에는 이런 구절이 있다. "어리석은 사람은 인연을 만나도 몰라보고, 보통 사람은 인연인 줄 알면서도 놓치고, 현명한 사람은 옷깃만 스쳐도 인연을 살려낸다." 꼭 인연만일까. 그렇지 않다. 살아온 지난날을 뒤돌아보면 손에 들어온 기회를 기회인지 조차 모르고 놓친 경우가 수 없이 많다. 하지만 어젯밤은 귀중한 기회를 놓치지 않았고 초대해 주신 그 고마움과 이 책을 접한 독자들과의 인연에도 감사드린다. (2019)

코로나19 시대의
'새벽 종소리'

이원규 시인

코로나19 시대의 '새벽 종소리'

이원규 시인

　일생토록 영어를 가르치던 선생님이 모국어인 한글로 글을 쓰는 수필가로 대변신을 했다.

　마침내 두 번째 수필집 〈네모를 동그라미로〉를 출간한 최백용 선생. 그는 훌륭한 영어선생인 동시에 성실한 남편과 효자, 그리고 아버지로서 날마다 밤마다 걷고, 달리고, 기도하고, 읽고, 글을 쓰는 사람이다. 그의 진솔한 글을 읽노라면 단 하루도 허투루 살지 않았다는 것이 수시로 증명되고도 남는다. 그동안 학생들에게 '무엇을 어떻게 가르칠 것인가'를 고뇌하던 최 선생이 이제는 날마다 '나는 왜 글을 쓰는가, 나는 왜 쓸 수밖에 없는가' 자문자답하는 창작의 길로 깊숙이 들어선 것이다.

　최백용 선생의 글은 솔직 담백하면서도 고졸하다. 섣부른 허세나 억지 춘향격인 수사가 끼어들 틈이 없다. 모든 문장에는 사람의 향기가 풍기는 법, 그 사람의 품성과 품격이 잘 드러난다. 그만큼 수필의 최고품격인 진정성이 깊고 높고 넓게 풍긴다. 코로나19 시대에 진솔한 삶의 새벽 종소리가 널리 퍼지는 것이다. 언제나 넉넉

한 순천만 출신의 최백용 선생과 오래된 인연은 아니지만, 삶과 사람 그리고 사랑을 통해 문학과 얽혀진 인연의 공통분모가 너무나 많다.

이 책의 첫 수필인 〈나의 꽃말〉부터 예사롭지 않다. 나 또한 오랫동안 야생화 사진을 찍으며 전국 오지를 떠돌았지만, 최 선생처럼 이 세상 꽃들을 함축하는 꽃말을 생각하며 사람에게도 저마다의 '사람 말', 그러니까 '나의 꽃말'이 있다는 것을 떠올리지 못했다. 인동초를 보면 김대중 전 대통령이 떠오르고, 상록수를 부르면 노무현 전 대통령이 생각나듯이 사람 또한 저마다의 '사람 말' 혹은 '나의 꽃말'이 있을 것이라 생각하니 세상이 달라보였다. 그 누구라도 '나의 꽃말'을 추구하며 새 삶을 시작하다면 당장 지금부터 그 무슨 색깔로, 그 무슨 향기로 살아갈 것인지 남은 생이 확 달라질 것이다.

우리는 지금 코로나19라는 지구적인 위기에 직면했다. 이를 극복하려면 '무엇으로 버티고 또 어떻게 활력을 유지할지' 일상 속에서 '자신만의 루틴'을 찾아야 한다고 최 선생은 역설한다. 산책도 좋고, 자전거 타는 것도 좋지만 '악기 연주나 공예 등 각자의 새로운 루틴'을 적극 권장한다. 세계적인 화가 알렉스 카츠는 나이 90대에도 왕성한 창작력을 과시하고 있는데 이는 매일의 조깅과 수영 때문이라고 했다. "나는 일찍이 몸과 두뇌의 연관성을 알았던 것 같다. 운동하지 않으면 자연스럽게 뇌도 둔해진다"는 의미심장한 말을 들려준다.

하지만 운동과 취미로만 삶이 풍요로워질 것인가. 최 선생은 그 대답으로 '책과 친구'를 소환했다. 일생동안 학생들에게 영어를 가르치며 영어로 대화하고 영어로 쓰는데 집중하다가 이순(耳順)을 맞아 뒤늦게 모국어로 글을 쓰기 시작해 5년째가 되었다고 고백한다. "문예대학 동기들이 성별과 나이를 불문하고 친구가 되었"으며 "짧은 기간이었지만 많은 문인들과 교류했다. 인간관계의 폭이 훨씬 넓어졌다"고 했다. 그러니까 책과 친구, 그리고 글쓰기가 이전과 전혀 '다른 삶'을 불러왔고, 남은 생의 새로운 좌표를 확실하게 찍어준 것이다.

그리하여 글을 쓰며 지난 생을 반추하다보니 무려 50년 전 초등학교 담임이었던 안병재 선생이 그리워진다. 〈선택의 칼〉이라는 제목의 글에서 "이 칼을 어느 쪽으로 선택할 것인지는 순전히 여러분 몫입니다. 미래에 칼을 유익하고 이롭게 사용하는 사람이 되기를 바랍니다." 라는 목소리를 떠올린다. 누구나 그렇지만, 학창시절에 선생 한 분만 잘 만나면 인생이 달라진다는 말이 실감나는 대목이다. 여기에다 민주주의의 근간인 선거 또한 '선택의 칼'이라며 "칼을 쥐려는 사람이 의사인지 강도인지, 혹은 의사 가운을 두른 강도는 아닌지를. 어쩜 선거란 내 칼을 의사와 강도를 가려 합법적으로 맡기는 과정일지도 모르겠다."는 탁월한 식견을 보여준다.

그리고 고령화 시대에 누구나 마주치는 질문 '나잇값'에 대한 성찰을 보여준다. "노화를 받아들이되 정신적으로 젊게 살기 위한 노력이 필요하다. 마음은 세월을 비켜가기 때문이다." 그러면서 나잇값을 하는 세 가지 방법을 제시한다. 첫째, 죽는 순간까지 현역으로 뛸 것, 둘째는 자서전 쓰기 등의 '가벼운 설렘'으로 고독을 즐길 줄 아는 정신적으로 자립할 것, 셋째는 웰 다잉(well dying)을 넘어 당당한 웰 리빙(well living)의 자세를 가질 것을 주문한다. 쉽지 않겠지만 생각만 해도 힘이 펄펄 나는 것 같다.

　하지만 안타깝게도 죽음은 언제나 우리 가까이에 있다. 나이가 들어갈수록 조금씩 더 가까워지는데, 그 누구나 '고통 없이 평안하게 마칠 수 있는 죽음의 복'인 고종명(考終命)을 꿈꿀 것이다. 최백용 선생은 〈어머니의 무지개〉라는 글에서 인생 오복 중에서 '편안하게 죽어가는 복종(福終)이라는 무지개에 대해 서술한다. 그러면서 "사랑이 가장 깊어지는 순간은 '어느 사람을 위해 죽을 수도 있다고 생각되는 때'라는 말이 있듯이 어머니가 고통을 호소할 때 차라리 내가 아팠으면 좋겠다는 생각이 오르내렸다."는 구절은 그 얼마나 가슴을 후벼 파는가. 이 세상의 그 누군가를 위해 죽을 수도 있다는 생각, 바로 이 생각만으로도 지구는 문득 환해지는 것이다.

　그러나, 그럼에도 불구하고 세상은 지금 코로나 19라는 지구적인 대위기에 처해있다. 서로의 얼굴을 마주볼 수도 없는 비대면의 시대, 살아남기 위해 서로가 서로를 의심하며 사회적 거리두기를 수행해야 한다. 현실이 이러하다보니 예전보다 가족의 울타리는 더욱 견고해졌으나 그 반면에 부작용 또한 만만치 않은데, 최 선생의 슬픈 진술이 해학적이다. "아내의 표정도 간과할 수 없다. 나를 '덩어리'로 여긴다. '집에 있으면 골치 덩어리, 같이 외출하면 짐덩어리, 밖에 내보내면 걱정덩어리, 마주 앉으면 원수 덩어리' '덩어리'가 된 나의 모습을 그리니 벤저민 프랭클린의 명언이 떠오른다."며, "인생의 가장 큰 비극은 우리는 너무 일찍 늙고 너무 늦게 현명해진다."고 뼈아픈 지적을 한다.

　그러면서 신조어를 선보이는데 그것이 바로 '천산 대학(千山大學)'이다. 퇴직한 선배가 무료한 시간을 잘 보내기 위해 '매주 산 하나를 정복하여 1년에 50회, 그렇게 해서 20년 건강히 오르내릴 수 있다면 인생을 잘 마칠 수 있을 것'이라며 적극 권장했다는 데 바로 이것이 천산대학인 것이다. 최 선생은 일단 '백산 대학(百山大學)' 정도의 미소로 응수하며 집에 돌아와 잠 못 이루다가 '기발한 생각'을 한다. 천산 대학이 아니라 1주일에 책을 한 권씩 읽겠다는 '천권 대학(千卷大學)'이었다. 그리고 "책은 도서관에서 빌리지 않고 사서 보겠다. 읽은 책은 반드시 이웃이나 지인 등 이 책이 필요하다고 생각되는 이에게 직접 또는 우편으로 선물하겠다"는 등 나름대로 학칙까지 만들었다. 이 얼마나 멋진 발상인가. 그리하여 '사람이 약이고 사랑이 의사'인 세상이 한 걸음 더 바짝 다가올 것 같았다.

선생으로서 제자 찬호와의 일화를 얘기하는 〈꿈을 지키는 한 문장〉도 감동적이고, 〈50년 종지기〉에 등장하는 대전 대성동 성당의 조정형 할아버지의 삶도 깊은 울림을 준다. "새벽 종소리는 가난하고 소외받고 아픈 이가 듣고, 벌레며 길가에 구르는 돌멩이가 듣는데, 어떻게 따뜻한 손으로 칠 수 있어." 고 권정생 선생의 목소리가 아주 가까이 들려왔다.

꽃동네 창설의 원동력이 된 고 최귀동 할아버지의 "얻어먹을 힘만 있어도 그것은 주님의 은총입니다." 는 말씀은 감당하기에 벅찰 정도다. 그리고 '어르신의 안부를 묻는 우유 배달'이라는 뜻의 〈우유 안부〉라는 글에서 "'영양 보충' 목적이던 우유 배달에 '고독사 방지'라는 임무가 하나 더 붙은 셈"이라는 말은 우리시대 뒷골목의 자화상이 아닐 수 없다. 테레사 수녀의 말처럼 '낯선 여인숙에서의 하룻밤'에 불과한 우리네 인생살이에서 '잘 산다는 것' 은 도대체 무엇인지 두고두고 되묻게 된다.

인생은 새옹지마라 하지만 홍수 같은 극한상황과 마주치게 되면 어떻게 할 것인가. 최 선생은 〈우생마사(牛生馬死)〉라는 글에서 유유자적 헤엄치는 소가 될 것인가, 발버둥 치다 죽는 말이 될 것인지 상기시키며, 프란치스코 교황의 메시지를 내보인다. 그 중에서 마지막 구절은 절대 잊을 수 없다. "인생은 당신이 행복할 때 좋습니다. 그러나 더 좋은 것은 당신 때문에 다른 사람이 행복할 때입니다."

최백용 선생의 주된 관심사는 '단순하고 안정된 삶'이며, '살아지는 것'이 아니라 '살아가는 것'이다. 자식들 교육에 대해 얘기하면서 "인기 드라마 'SKY 캐슬'에 나오는 '차파국'씨가 나 자신을 비추는 것 같아 드라마를 계속 보지 못하고 다른 채널로 돌려버렸다."며 솔직한 고백도 한다. 그러면서 인생지사 두 번은 없으니 '자신의 북극성'을 찾아야 한다고 강조한다. 〈기다림의 순정〉이라는 글에서는 "'아직'이라는 씨앗은 우리가 기다림의 순정에 머무를 수 있다면 '기어코'라는 열매를 맺는다."는 문장이 절절하게 다가온다.

그리고 또 하나 〈네 눈물은 네 손등으로〉에서 소개하는 전 국방과학연구소의 연구원 오영석(70)씨의 자식 교육에 대한 인터뷰 내용은 한국 사회 모든 구성원들이 가슴 깊이 되새겨야할 내용이다. "인생을 살다 보면 여러 방향으로 문이 있는데 나가야 할 문은 네 손으로 열어야 한다는 말을 해줬습니다. 어떤 문을 여느냐에 따라 인생이 바뀌지요. 남이 열어주는 문은 딱 하나 있습니다. 그것은 관 뚜껑입니다. 아이에게 '네 눈물은 네 손등'으로 닦아야 한다, 라고 말했습니다." 이렇듯이 글을 쓴다는 것은 내 생각을 잘 풀어쓰는 것도 중요하지만 적재적소에 꼭 필요한 동서고금의 지혜나 위인들의 에피소드 등을 잘 되새김질하는 것도 필요하다.

산다는 것은 최 선생의 글 〈어찌할 수 없는 영역〉에서처럼 진인 사대천명의 자세를 잃지 않는 것이다. '인간의 시간'을 넘어서는 '하늘의 시간(天時)'를 인정하는 일이며, '우공이산'(愚公移山)의 교훈처럼 섣불리 좌절하거나 포기하지 않는 것이다. 그러면서도 쇼펜하우어의 '고슴도치 이야기'처럼 '사랑의 간격'을 찾는 일이 곧 사랑을 배우는 일이라는 것에 대해 역설한다.

그리하여 '치유의 문학'은 어떻게 가능해지는지, "사람이 모이면 말이 모이고 말이 모이면 뜻이 모인다.", "한 사람의 열 걸음보다 열 사람의 한 걸음이 더 큰 걸음이다." 등등 〈말모이〉라는 영화 속의 명대사를 보여주기도 하는데 이는 예나 지금이나 온몸으로 받아들여야할 명언들이다.

이렇듯이 최백용 수필집은 두고두고 곱씹어볼 만한 글들로 꽉 차 있다. 서문에서 밝혔듯이 "이 책은 하루하루를 치열하게 살아가는 현대인에게 필요한 지혜를 알려주기 위해 노력한 책"이다. 다만 굳이 아쉬운 점을 언급한다면, 거의 모든 글들이 비교적 엄숙하거나 교훈적이라는 것이다. 동서고금의 명언들을 곁들여 삶의 지혜를 알려주려는 목적도 좋지만. 때로 해학이나 능청도 필요한 것이다.

누군가 문학의 삼미(三味)를 재미-의미-흥미라고 했듯이 너무 주제에 얽매이는 의미만 있는 것도 문제일 수 있다. 우리 삶의 윤활유인 재미와 더불어 신명이 깃든 흥미도 꼭 필요한 문학의 제철 양식이다. 그리고 진정한 미학은 권정생 선생의 '강아지 똥'이라는 추를 통해 '민들레꽃'이라는 미를 보여주는 것이 아닐까. 때로는 더 구체적인 삶의 부조리나 내 자신의 비루함까지 고해하듯이 그 속

살을 드러내는 것 또한 큰 용기일 것이다.

　이렇게 좋은 글들을 먼저 읽을 기회를 가지다니 너무 고맙다. 거칠고 모자란 발문을 마무리하며, 최 선생의 두 번 째 수필집 〈네모를 동그라미로〉 출간을 진심으로 축하한다. 머지않아 섬진강 첫 매화가 피어날 것이다.

네모를 동그라미로

초판 1쇄 · 2020년 12월 31일

지은이 · 최백용
제 작 · ㈜봄봄미디어
펴낸곳 · 봄봄스토리
등 록 · 2015년 9월 17일(No. 2015-000297호)
전 화 · 070-7740-2001
이메일 · bombomstory@daum.net

ISBN 979-11-89090-42-5(03800)
값 13,000원